Alain Mabanckou

Copo Quebrado

2ª reimpressão

Tradução:
Paula Souza Dias Nogueira

Alain Mabanckou

Copo Quebrado

Tradução:
Paula Souza Dias Nogueira

Copyright © 2018 Editora Malê Todos os direitos reservados.
ISBN 978-85-92736-32-3

Capa: Pedro Sobrinho
Edição: Vagner Amaro
Revisão: Léia Coelho

Texto revisado segundo o novo Acordo Ortográfico da Língua Portuguesa.
Proibida a reprodução, no todo, ou em parte, através de quaisquer meios.
Dados internacionais de catalogação na publicação (CIP) Vagner Amaro
CRB-7/5224

M112c   Mabanckou, Alain
           Copo quebrado / Alain Mabanckou; tradução de Paula
           Nogueira. - Rio de Janeiro: Malê, 2018.
           182 p.; 21 cm.
           ISBN 978-85-92736-32-3

           1. Romance congolês II. Título
                                                      CDD – 896

Índice para catálogo sistemático: Literatura congolesa: romance 896

Todos os direitos reservados à Malê Editora e Produtora Cultural Ltda.
www.editoramale.com.br
contato@editoramale.com.br

À *Pauline Kengué,* minha mãe

primeiros cadernos

digamos que o patrão do bar *O Crédito acabou* me deu um caderno que devo preencher, e ele acredita piamente que eu, Copo Quebrado, posso parir um livro porque, brincando, lhe contei um dia a história de um escritor famoso que bebia como uma esponja, um escritor que tinha de ser recolhido da rua quando estava bêbado; logo, não podemos brincar com o patrão porque ele entende tudo ao pé da letra e, assim que me entregou este caderno, especificou logo na sequência que era para ele, apenas para ele, que ninguém mais o leria, e, então, eu quis saber por que ele se apegava tanto a este caderno; ele respondeu que não queria que o bar desaparecesse um dia sem mais nem menos; acrescentou que as pessoas deste país não ligavam para a conservação da memória, que a época das histórias que a avó enferma contava tinha acabado, que a hora agora era a da escrita porque é o que fica; as palavras são fumaça negra, xixi de gato selvagem, o patrão do *Crédito acabou* não gosta das fórmulas prontas tipo "Na África, quando um velho morre, é uma biblioteca que queima", e, quando ele escuta esse clichê bem desenvolvido, fica mais do que ofendido e lança logo "depende de qual velho, parem então com essas besteiras, só acredito no que está escrito"; assim, é um pouco para lhe agradar que rabisco de tempos em tempos, sem estar verdadeiramente certo do que eu conto aqui, não escondo que começo a tomar gosto já há um tempo; no entanto me privo de lhe admitir se não ele imaginaria coisas e me empurraria ainda mais à obra; ora eu quero preservar minha liberdade de escrever quando quero, quando posso, não há nada pior do que o trabalho forçado, eu não sou seu negro, escrevo também para mim mesmo, é por isso que não gostaria de estar em seu lugar quando ele percorrer estas páginas nas quais eu não tento agradar a ninguém, mas quando ele ler tudo isso eu não serei mais um cliente de seu bar, irei arrastar meu corpo esquelético alhures, lhe terei entregado o documento na surdina dizendo "missão completa" é necessário primeiro que eu evoque a polêmica que se seguiu ao nascimento deste bar, que eu conte um pouco o calvário que nosso patrão viveu, na verdade quiseram que ele desse o último suspiro, que redigisse seu testamento de Judas, isso começou com as pessoas da Igreja, que, percebendo que o número de fiéis diminuía aos domingos, começaram uma verdadeira guerra santa, cada um jogou sua Bíblia de Jerusalém na frente do *Crédito acabou*, disseram que se isso continuasse assim não haveria mais missas no bairro não, não haveria mais transes durante os cantos não, não haveria mais Espírito Santo que desceria ao bairro Trezentos não, nem mais hóstias pretas e crocantes, não haveria mais vinho doce não, o sangue de Cristo, não haveria mais garotos no coro não, nem mais irmãs devotas, não haveria mais velas, nem mais esmolas, não haveria mais primeira comunhão, nem segunda comunhão, não haveria mais catecismo não, nem batismo, não haveria mais nada de nada, e então todo mundo iria direto pro inferno, e depois houve o golpe do sindicato dos cornos do fim de semana e feriados, eles afirmaram que se suas mulheres não preparavam mais uma comida boa, se elas não os respeitavam mais como as damas de antigamente, era muito por causa do *Crédito acabou*, disseram que o respeito era importante, que não havia nada melhor do que as mulheres para respeitar os maridos porque isso foi sempre assim desde Adão e Eva, e esses bons pais de família não viam por que devíamos revolucionar as coisas, era então preciso que suas mulheres rastejassem, que seguissem as ordens dos homens, disseram isso, mas também em vão, e depois houve a intimidação de uma velha associação de antigos bebuns reconvertidos em bebedores de água, de fanta, de suco de polpa, de granadina, de suco de bissap[1] senegalês, de suco de toranja ou de Coca-Cola Light falsificada na Nigéria com folhas de cânhamo indiano, esses rapazes fundamentalistas assediaram o bar durante 40 dias e 40 noites, mas também em vão, e depois houve uma ação

---

[1] Suco senegalês feito com a flor do hibisco. [N.T.]

mística dos guardiões da moral tradicional, dos chefes das tribos com seus amuletos que jogavam na entrada do estabelecimento, com suas palavras de maldição que endereçavam ao patrão do *Crédito acabou*, com almas mortas que faziam falar, e profetizavam que o comerciante iria morrer lentamente, que iriam levá-lo sutilmente a pegar sozinho um ascensor para o cadafalso, mas também em vão, e depois houve enfim uma ação direta de grupos de caçadores pagos por alguns velhos idiotas do bairro que sentiam falta da Casa de Gaulle,[2] da alegria de levar uma vida de *boy*, uma vida de velho negro e da medalha, uma vida da época da exposição colonial e dos bailes negros de Josephine Baker gesticulando com bananas em volta de si, e então essas pessoas de boa reputação pregaram uma grande peça ao patrão com seus caçadores encapuzados que vieram no meio da noite, no coração das trevas, com barras de ferro de Zanzibar, mocas e bastões da Idade Média cristã, lanças envenenadas da Era de Shaka Zulu,[3] foices e martelos comunistas, catapultas da Guerra dos Cem Anos, foices de ouro, enxadas de pigmeus, coquetéis molotov de maio de 68, facões herdados de uma época de machetes em Ruanda, estilingues da famosa batalha entre Davi e Golias, eles vieram com todo esse arsenal impressionante, mas também em vão, e ainda assim derrubaram uma parte do estabelecimento, e a cidade inteira falou sobre isso, e a imprensa toda falou sobre isso, *A rua morta*, *A semana africana*, *Mwinda*, *Tribuna Mouyondzi*, houve até turistas que vieram de cidades vizinhas para ver esse lugar de bem perto como peregrinos visitando o muro das lamentações, e esses turistas tiravam fotos desordenadamente não sei com qual objetivo, mas ainda assim tiravam fotos, houve até mesmo entre os habitantes da cidade os que não tinham colocado os pés no bairro Trezentos e

---

[2] A Casa de Gaulle foi construída em 1941 em Brazzaville para acolher, entre outros, o general de Gaulle. Após a independência, virou a residência do Embaixador da França [N.T.]

[3] Shaka Zulu foi um chefe tribal e estrategista militar responsável por transformar os zulus, etnia com pouca expressão territorial, em um império que ofuscou as intenções coloniais britânicas. [N.T.]

que o descobriram com estupefação, se perguntavam então como as pessoas faziam para viver em perfeita coabitação com as imundices, as poças de água, as carcaças de animais domésticos, os veículos queimados, o lodo, o estrume, os grandes buracos nas vias principais e as casas que estavam a ponto de desabar, e o nosso *barman* concedeu entrevistas a torto e a direito, e o nosso *barman* se tornou da noite para o dia um mártir, e o nosso *barman* apareceu da noite para o dia em todas as emissões, ele falou em lingala do norte do país, em kituba da floresta do Mayombe, em bembé dos habitantes da ponte de Mukukulu que têm a mania de acertar suas diferenças na faca, e todo mundo o conhecia agora, tinha se tornado famoso, inspirava piedade, queríamos ajudá-lo, houve até mesmo cartas de apoio, petições para este tipo corajoso que então começamos a chamar de "Escargô cabeçudo", mas era preciso sobretudo contar com os bebuns que são sempre solidários até a última gota de vinho e que então passaram à ação, arregaçaram as mangas para consertar os estragos materiais causados pelas pessoas que sentiam falta da exposição colonial, da Casa de Gaulle, dos bailes negros de Josephine Baker, e essa história banal para alguns se tornou um feito nacional, falou-se em "O caso do *Crédito acabou*", o governo discutiu sobre ele no Conselho dos Ministros, e alguns dirigentes do país exigiram o fechamento imediato e incondicional do estabelecimento, mas outros se opuseram a isso com argumentos dificilmente mais convincentes, logo o país foi dividido em dois por essa pequena briga de lagartos, e então, com a autoridade e a sabedoria pelas quais o conhecemos doravante, o ministro da Agricultura, do Comércio e das Pequenas e Médias Empresas, Albert Zu Lukia, elevou a voz, fez uma intervenção memorável, uma intervenção que se tornou aqui um dos mais belos discursos políticos de todos os tempos, o ministro Zu Lukia falou várias vezes "eu acuso", e todo mundo estava tão encantado que na rua, por um sim ou por um não, por uma pequena briga ou uma injustiça pequena, dizíamos "eu acuso", e mesmo o chefe do governo disse a seu porta-voz que esse ministro da Agricultura falava bem, que sua fórmula muito popular de "eu acuso" ficaria para a posteridade, e o Primeiro Ministro prometeu que na próxima mudança de governo daríamos ao ministro da Agricultura a gestão da cultura, bastaria então retirar as quatro primeiras letras da palavra "agricultura", e até hoje concordamos em reconhecer que o ministro fizera um discurso brilhante, ele recitava páginas inteiras de livros desses grandes autores que citamos de bom grado na mesa, soava assim como quando tinha certeza de ter seduzido seu auditório por sua erudição, e foi assim que ele se ocupou da defesa do *Crédito acabou*, tinha primeiro louvado a iniciativa de Escargô cabeçudo, que ele conhecia bem por terem estudado juntos na escola primária, depois tinha concluído dizendo estas palavras que eu cito de memória: "*Senhoras e Senhores do Conselho, eu acuso, não quero ser cúmplice de um clima social tão moribundo quanto o nosso, não quero sustentar esta caça ao homem por meio de meu pertencimento a este governo, eu acuso as mesquinharias que recaem sobre uma pessoa que não fez mais do que traçar um itinerário a sua existência, eu acuso a monotonia das ações retrógradas destes últimos tempos, eu acuso a falta de civilidade dos atos bárbaros orquestrados por pessoas de má fé, eu acuso os desacatos e as provocações que se tornaram moeda corrente em nosso país, eu acuso a cumplicidade dissimulada de todos aqueles que passam o bastão aos ladrões, aos encrenqueiros, eu acuso o desprezo do homem pelo homem, a falta de tolerância, o esquecimento de nossos valores, o crescimento da raiva, a inércia das consciências, os sapos da selva daqui e dali, sim, Senhoras e Senhores do Conselho, vejam como o bairro Trezentos se tornou uma comunidade sem sono, com um rosto de pedra, ora este homem que chamamos doravante Escargô cabeçudo, além do fato de ele ter sido um de meus antigos camaradas de classe, aliás muito inteligente, este homem que perseguimos hoje é vítima de uma intriga, Senhoras e Senhores do Conselho, concentremos antes nossos esforços na perseguição dos verdadeiros bandidos, eu acuso então aqueles que paralisam impunemente o funcionamento de nossas instituições, aqueles que quebram abertamente a corrente de solidariedade que herdamos de nossos ancestrais Bantus, eu lhes confesso que o erro de Escargô cabeçudo foi o de ter mostrado aos outros compatriotas que cada um, a sua maneira, podia contribuir à transformação da natureza humana assim como nos ensina o grande Saint-Exupéry em* Terra dos homens, *é por isto que eu acuso, e acusarei sempre"*

no dia seguinte da intervenção do ministro Zu Lukia, o presidente da República em pessoa, Adrien Lokuta Eleki Mingi, se irritou enquanto esmagava as uvas que no entanto amava comer de sobremesa todos os dias, e nós ficamos sabendo pela Rádio Trottoir FM que o presidente Adrien Lokuta Eleki Mingi, que era aliás general das forças armadas, manifestava seu ciúme quanto à fórmula "eu acuso" do ministro da Agricultura, na verdade o presidente-general das forças armadas teria almejado que esta fórmula popular saísse de sua boca, não compreendia por que seus conselheiros não tinham imaginado uma fórmula tão curta e contudo tão eficaz nesse contexto enquanto o faziam dizer fórmulas exageradas do tipo "Assim como o Sol nasce no horizonte e se põe à noite sobre o majestoso rio Congo", e então, ofendido, mortificado, diminuído, rebaixado, frustrado, o presidente Adrien Lokuta Eleki Mingi convocou os negros de seu gabinete que lhe dedicavam um grande amor, lhes pediu para trabalharem como nunca haviam trabalhado até então, ele não queria mais fórmulas exageradas feitas de uma poesia falsamente lírica, e os negros de seu gabinete se puseram em sentinela, em ordem, do menor ao maior, como os Dalton que Lucky Luke persegue nos campos de cacto do Velho Oeste, e esses negros disseram em coro "sim, meu comandante" sendo que nosso presidente Adrien Lokuta Eleki Mingi era um general das forças armadas, ele esperava aliás com impaciência uma guerra civil entre nortistas e sulistas para escrever suas memórias de guerra as quais intitularia com toda modéstia *Memórias de Adrien*, e o presidente-general das forças armadas os intimou a encontrar para ele uma fórmula que pudesse ficar para a posteridade como o "eu acuso" que tinha pronunciado o ministro Zu Lukia, e os negros dos gabinete presidencial trabalharam a noite inteira, de portas fechadas, abriram

Copo Quebrado

e folhearam pela primeira vez enciclopédias que pegavam pó nas estantes da biblioteca presidencial, também procuraram nos grandes livros escritos com letras pequenas, remontaram a origem do mundo passando pela época de um tipo chamado Gutenberg e pela época dos hieróglifos egípcios indo até os escritos de um certo chinês que tinha, parece, dissertado sobre a arte da guerra e que tinha vivido supostamente na época em que nós não sabíamos nem mesmo que o Cristo iria nascer de uma operação do Espírito Santo e se sacrificar por nós, os pecadores, mas os negros de Adrien não acharam nada de tão forte quanto o "eu acuso" do ministro Zu Lukia, então o presidente-general das forças armadas ameaçou despedir o gabinete inteiro se não encontrassem sua palavra para a posteridade, disse "por que vou continuar pagando um monte de imbecis incapazes de encontrar uma fórmula que emocione, que permaneça, que marque, eu lhes aviso que se eu não tiver minha fórmula antes que o galo anuncie o amanhecer de um outro dia, terão cabeças rolando como mangas podres que tombam de uma árvore, sim para mim vocês são apenas mangas podres, estou dizendo, comecem a fazer as malas e a procurar um país católico para o exílio, será o exílio ou o túmulo, eu lhes digo, ninguém sai deste palácio a partir deste minuto, espero que eu não sinta nem mesmo o cheiro de café desde meu escritório, menos ainda de cigarros Cohiba ou Montecristo, nem de água potável, nem mesmo de sanduíches, nada, nada e nada, será essa a dieta enquanto não encontrarem minha fórmula, e então digam-me como esse pequeno ministro Zu Lukia encontrou seu "eu acuso" do qual todo mundo fala neste país, hein, os Serviços de segurança presidencial me disseram que tem até mesmo bebês que se chamam "eu acuso", e o que dizer então de todas essas jovens ardentes que fizeram tatuar a fórmula em suas nádegas, hein, e aliás, ironia do destino, os clientes das prostitutas exigem que elas tenham esta tatuagem, vocês percebem em que merda me meteram, hein, não é apesar de tudo coisa de outro mundo, esta fórmula, vejamos, será que os negros do ministro da Agricultura são melhores do que vocês, hein, será que vocês têm consciência de que esses negros dele não têm nem mesmo cada um seu carro de trabalho, eles pegam o ônibus do ministério, têm salários lamentáveis enquanto vocês têm a vida boa aqui no palácio, vocês se banham na minha piscina, bebem do meu champanhe, assistem tranquilamente aos canais estrangeiros a cabo que dizem qualquer coisa sobre mim, vocês comem meus lanches, meu salmão, meu caviar, aproveitam meu jardim e minha neve artificial para esquiar com suas senhoras, é perfeito desde que não durmam com minhas vinte mulheres, hein, finalmente, digam-me, vocês me servem para quê neste gabinete, hein, eu lhes pago para vir se sentar como uns preguiçosos aqui, hein, é o mesmo que contratar como diretor do gabinete meu cachorro estúpido, bando de zeros à esquerda", e o presidente Adrien Lokuta Eleki Mingi bateu a porta de seu gabinete gritando de novo "bando de negros, nada mais será como antes neste palácio, não aguento mais enriquecer imbecis de sua espécie que me despejam idiotices, vocês serão julgados pelo resultado, e pensar que dentre vocês existem administradores e engenheiros, até parece, né"

os negros do gabinete presidencial começaram o trabalho forçado com uma lança de Shaka Zulu e uma espada de Dâmocles em cima de suas cabeças enquanto os ecos das últimas palavras do presidente ainda ressoavam no palácio e então, por volta da meia-noite, como as ideias estavam em falta, porque no nosso país temos o petróleo em abundância mas não as ideias, eles sonharam naturalmente em telefonar a uma personalidade influente da Academia Francesa que era, parece, o único negro da história dessa sagrada assembleia, e todo mundo aplaudiu essa ideia de último minuto, e todo mundo disse que o acadêmico em questão ficaria ainda mais honrado, e então escreveram uma longa carta com subjuntivos imperfeitos bem colocados, ela continha até mesmo algumas passagens emocionantes em versos alexandrinos, com rimas ricas, verificaram a pontuação atenciosamente, não queriam sobretudo ser ridicularizados pelos acadêmicos que só esperam isso para mostrar ao mundo inteiro que eles servem a alguma coisa e não apenas a dar o Grande Prêmio de literatura, e é preciso dizer que os negros do presidente acabaram se estapeando porque alguns deles sustentavam que era preciso colocar um ponto e vírgula no lugar de uma vírgula, outros não concordavam com essa opinião e queriam manter a vírgula a fim de acelerar a frase, e este último grupo mantinha sua posição apesar do depoimento contrário do *Dicionário das dificuldades da língua francesa* de um tal Adolphe Thomas que dava razão ao primeiro grupo, e o segundo grupo manteve sua posição, tudo isso para agradar ao acadêmico negro que, lembrávamo-nos com deferência, era um dos primeiros agregados da gramática francesa do continente africano, digamos que tudo se teria passado como previsto se os negros de Adrien não tivessem pensado que o acadêmico não responderia rápido, que a lança de Shaka Zulu e a espada de Dâmocles iriam cair em suas cabeças diante de um pequeno sinal vindo da Cúpula, nome que damos ao bulbo no qual esses sábios imortais observam o rumor da língua e decretam sem procedimento de revisão que tal texto é o grau zero da escrita, mas havia uma outra razão mais prática que tinha levado os negros a bater em retirada, é que um membro do gabinete, o primeiro de sua turma na ENA[4] e que possuía as obras completas do negro-acadêmico, disse que este já tinha ele mesmo deixado uma fórmula para a posteridade, "a emoção é negra como a razão é helênica", este administrador explicou a seus colegas que o acadêmico em questão não podia mais encontrar uma outra fórmula porque a posteridade também não é a casa da mãe joana para que possamos tomar liberdades mais do que cinco vezes, só temos direito a uma fórmula, se não isso se torna conversa fiada, muito barulho por nada, e é por isso que as fórmulas que entram para a História são curtas, breves e incisivas, e como essas fórmulas atravessam lendas, séculos e milênios as pessoas infelizmente se esquecem dos verdadeiros autores e não deixam a César o que foi de César

---

[4] École Nationale d'Administration. [N.T.]

sem se desesperar, os negros do presidente-general das forças armadas acharam um outro negócio de último minuto, decidiram colocar suas ideias e suas descobertas em um cesto, disseram que isso se chamava *brainstorming* nas grandes escolas que alguns dentre eles tinham frequentado nos Estados Unidos, e eles escreveram cada um em uma folha de papel várias fórmulas que entraram para a posteridade neste mundo de merda, e começaram a examiná-las assim como se faz nos países onde se tem direito ao voto, e começaram a ler tudo com uma voz monótona sob a autoridade do chefe dos negros, começou-se com Luís XIV que disse "O Estado sou eu", e o chefe dos negros do presidente-general das forças armadas disse "não, esta citação não é boa, não vamos guardá-la, é muito narcisista, seríamos vistos como ditadores, próxima", Lênin disse "O comunismo é o poder dos soviéticos mais a eletrificação do país", e o chefe dos negros disse "não, não está bom, é como tomar o povo por idiota, sobretudo as populações que não conseguem pagar a conta de eletricidade, próxima", Danton disse "A audácia, ainda a audácia, sempre a audácia", e o chefe dos negros disse "não, não está bom, muito repetitivo, além do mais corremos o risco de crer que nos falta audácia, próxima", George Clemenceau disse "A guerra é uma coisa muito grave para ser confiada aos militares", e o chefe dos negros disse "não, não está bom, os militares podem ficar bravos, e é o golpe de Estado permanente, não nos esqueçamos de que o presidente ele mesmo é um general das forças armadas, é preciso saber onde colocamos os pés, próxima", Mac-Mahon disse "Aqui estou, aqui fico", e o chefe dos negros disse "não, não está bom, é como se alguém não estivesse seguro de seu carisma e se apegasse ao poder, próxima", Bonaparte disse durante sua campanha no Egito, "Soldados, pensem que do alto dessas pirâmides quarenta séculos vos contemplam", e o chefe dos negros disse "não, não está bom, é achar que os soldados são toscos, pessoas que nunca leram os livros do grande historiador Jean Tulard, ora nós temos como missão mostrar ao povo que os militares não são imbecis, próxima", Talleyrand disse "Eis o começo do fim", e o chefe dos negros disse "não, não está bom, acreditaríamos no começo do fim de nosso próprio regime, ora supostamente ficaremos no poder para sempre, então próxima", Martin Luther King disse "Eu tenho um sonho", e o chefe dos negros se irritou, ele não gosta de escutar falar desse tipo que ele opõe sempre a Malcolm X, seu ídolo, e disse "não, não está bom, estamos de saco cheio das utopias, ainda esperamos que esse sonho em questão se realize, e eu lhes digo que esperaremos ainda uns bons de séculos, vamos, próxima", Shakespeare disse "Ser ou não ser, eis a questão", e o chefe dos negros disse "não, não está bom, nós não estamos mais nos perguntando se somos ou não somos, já resolvemos esta questão uma vez que estamos no poder há 23 anos, vamos, próxima", o presidente dos Camarões, Paul Biya, disse "Os Camarões são os Camarões", e o chefe dos negros disse "não, não está bom, todo mundo sabe que os Camarões continuarão para sempre os Camarões, e nenhum país do mundo terá a ideia de lhes roubar suas realidades e seus leões que são de toda maneira indomáveis, vamos, próxima", o antigo presidente congolês Yhomby-Opango disse "Viver duramente hoje para viver melhor amanhã", e o chefe dos negros disse "não, não está bom, nunca devemos achar que as pessoas deste país são ingênuas, e por que não viver melhor desde hoje e tirar sarro do futuro, hein, aliás esse tipo que disse isso viveu na opulência mais chocante de nossa história, vamos, próxima", Karl Marx disse "A religião é o ópio do povo", e o chefe dos negros disse "não, não está nada bom, passamos nosso tempo a persuadir o povo de que foi Deus quem quis nosso presidente-general das forças armadas, e vamos ainda dizer besteiras sobre a religião, vocês ignoram que todas as igrejas deste país são subvencionadas pelo próprio presidente, hein, vamos, próxima", o presidente François Mitterand disse "É preciso dar tempo ao tempo", e o chefe dos negros se irritou, ele não gosta de escutar falar desse tipo, e disse "não, não está bom, esse presidente pegou todo o tempo para ele mesmo, quase arruinou seus adversários e seus amigos antes de se retirar e se instalar à direita de Deus, vamos, próxima", Frédéric Dard codinome San-Antonio disse "*é preciso malhar a careca de ferro enquanto ela está quente*"⁵, e o chefe dos negros disse "não, não está bom, existem muitos carecas neste país e sobretudo no governo, não é bom atingi-los não, eu mesmo sou careca, vamos, próxima", Catão, o Velho, disse "Delenda Carthago", e o chefe dos negros disse "não, não está bom, as pessoas do sul do país vão achar que é uma frase em patoá do norte e as pessoas do norte do país vão achar que é uma frase em patoá do sul, devemos evitar esses quiproquós, vamos, próxima", Pôncio Pilates disse "Ecce homo", e o chefe dos negros disse "não, não está bom, faço a mesma observação que a das elucubrações de Catão, o Velho, próxima", Jesus morrendo na cruz disse "Meu Deus, meu Deus, por que me abandonou", e o chefe dos negros disse "não, não está bom, é muito pessimista como frase, é muito queixoso para um tipo como esse Jesus que tinha no entanto todos os poderes nas mãos para acabar com a merda aqui embaixo, próxima", Blaise Pascal disse "*Se o nariz de Cleópatra fosse menor, toda a face da terra teria mudado*", e o chefe dos negros disse "não, não está bom, trata-se hoje de uma questão política e não de cirurgia estética, vamos, próxima", então os negros do presidente passaram em revista milhares de citações e também outras frases históricas sem realmente encontrar alguma coisa para o primeiro cidadão do país porque o chefe dos negros dizia a cada vez "não está bom, vamos, próxima", e depois, às 5 da manhã, antes do primeiro canto do galo, um dos conselheiros que analisava documentários em preto e branco acabou por encontrar uma fórmula histórica

      ao meio-dia em ponto, no momento em que a população ia para a mesa saborear o frango "bicicleta", o presidente-general das forças armadas ocupou as rádios e o único canal de televisão

---

[5] Aqui o autor faz uma brincadeira com o provérbio original "il faut battre le fer tant qu'il est chaud" [é preciso malhar o ferro enquanto ele está quente], reescrevendo-o para "il faut battre le frère tant qu'il est chauve", que em tradução literal seria "é preciso bater no irmão se ele é careca". Modifiquei, então, a expressão consagrada em português, "é preciso malhar o ferro enquanto ele está quente", para "é preciso malhar a careca de ferro enquanto ela está quente". [N.T.]

do país, a hora era séria, o presidente estava tenso como a pele de um tambor bamileké, não era fácil escolher o momento propício para deixar uma fórmula para a posteridade, e, nessa segunda-feira memorável, ele tinha ares de domingo, ornado com suas pesadas medalhas de ouro, parecia agora um patriarca no outono de seu reino, e estava tão embelezado, nessa segunda memorável, que teríamos acreditado que era a festa do bode que nós celebraríamos para perpetuar a memória de sua avó, e então, arranhando a garganta para espantar o medo, começou criticando os países europeus que nos haviam iludido com o sol das independências quando na verdade continuamos dependentes deles já que ainda há avenidas do General de Gaulle, do General Leclerc, do Presidente Coti, do Presidente Pompidou, mas ainda não existem na Europa avenidas Mobutu-Sese Seko, Idi-Amin-Dada, Jean-Bédel-Bossaka e vários outros homens ilustres que ele havia conhecido e apreciado por sua lealdade, seu humanismo e seu respeito aos direitos humanos, então nós ainda somos dependentes deles porque eles exploram nosso petróleo e nos escondem suas ideias, porque eles exploram nossa madeira para passar bem o inverno em suas casas, porque eles formam nossos superiores na ENA e na Escola Politécnica, os transformam em negrinhos brancos, e então os negros Banania[6] estão de volta, achava-se que estavam desaparecidos na selva, mas estão aqui, prontos para o que der e vier, e era assim que nosso presidente se exprimia, a respiração cortada, o punho firme, e nesse discurso sobre o colonialismo, o presidente-general das forças armadas atacou o capitalismo com suas afrontas e desafios, disse que tudo isso era utopia, atacou em particular os servos locais dos colonialistas, esse tipos que moram em nosso país,

---

[6] O termo "Negro Banania" deriva da expressão "y'a bon banania", que remete aos rótulos e cartazes publicitários feitos em 1915 para uma marca de farinha de banana açucarada instantânea. O produto tinha como imagem a figura de um soldado de infantaria senegalês armado. Em 1940, o "riso banania" foi denunciado pelo senegalês Léopold Sedar Senghor por ser um riso estereotipado que reforçava o racismo dominante. [N.T.]

que comem conosco, que dançam conosco nos bares, que usam os meios de transporte conosco, que trabalham conosco nos campos, nos escritórios, nos mercados, estas facas de dois gumes que fazem com nossas mulheres coisas que a memória de minha mãe falecida no Tchinuka me impede de descrever aqui, ora esses tipos são na verdade as toupeiras das forças imperialistas, digamos que a raiva do presidente-general das forças armadas aumentou muito porque ele odiava esses servos do imperialismo e do colonialismo assim como podíamos odiar os tabacos, os percevejos, os piolhos, os ácaros, e o presidente-general das forças armadas disse que devíamos perseguir esses vigaristas, essas marionetes, esses hipócritas, e ele os tratou mesmo de mentirosos, de doentes imaginários, de misantrópicos, de camponeses bem-sucedidos, disse que a revolução proletária triunfará, que o inimigo será esmagado, que será repelido de onde quer que venha, disse que Deus estava conosco, que nosso país era eterno assim como ele o era, recomendou a união nacional, o fim das guerras tribais, disse que descendíamos todos de um mesmo ancestral, e enfim abordou "O caso *O Crédito acabou*" que dividia o país, louvou a iniciativa de Escargô cabeçudo, prometeu conceder-lhe a Legião de Honra, e terminou seu discurso com as palavras que ele queria a todo custo deixar para a posteridade, soubemos que eram essas palavras porque ele as repetiu várias vezes, seus braços abertos como se ele abraçasse uma sequoia, e repetiu "eu os compreendi", sua fórmula também se tornou conhecida no país, é por isso que aqui, para brincar, nós da plebe dizemos com frequência que "o ministro acusa, o presidente compreende"

como ele tinha me contado em pessoa há alguns anos, Escargô cabeçudo tinha tido a ideia de abrir seu estabelecimento depois de uma temporada em Duala, no bairro popular de New-Bell onde ele tinha visto *A Catedral*, esse bar do pessoal dos Camarões que desde sua abertura nunca fechou, e Escargô cabeçudo, transformado em estátua de sal, se instalou lá, pediu uma cerveja Flag, um senhor se apresentou como sendo o responsável pelo lugar desde muito tempo, disse que era conhecido como "O lobo das estepes" e, segundo o que disse Escargô cabeçudo, o tipo parecia a uma espécie em via de extinção, uma múmia egípcia, só o seu comércio lhe importava, nem mesmo escovava suas cáries ou aparava os pelos duros e dispersos de seu queixo, para ele isso era perda de tempo, mastigava noz de cola, fumava tabaco mofado, diziam que se deslocava com a ajuda de um tapete voador assim como em certos contos, e então Escargô cabeçudo lhe fez mil e uma perguntas às quais o comerciante respondeu sem hesitação, e foi assim que Escargô cabeçudo percebeu que, para não fechar seu bar há anos, esse tipo dos Camarões contava com uma equipe fiel, uma gestão rigorosa e sua própria implicação, ele chegava todas as manhãs e todas as noites à *A Catedral*, e seus empregados, o vendo surgir assim, concluíam que *A Catedral* era um verdadeiro lugar de culto com uma missa de manhã, outra à noite, e então, como podíamos suspeitar, O Lobo das estepes tinha sua própria caverna bem em frente ao estabelecimento, tanto é que, assim que falávamos do lobo, víamos logo seu rabo, e ele dormia com um só olho, podia dizer quantos clientes bebiam ou não bebiam, podia citar os nomes daqueles que falavam inutilmente em vez de comprar bebida, adivinhava o número de garrafas de vinho vendidas apenas esticando a orelha desde seu ninho, e no meio da noite ele acordava, atravessava a rua dos Cocôs para espantar algum perturbador, dizer-lhe que seu bar não era um ringue zairense para os fanáticos de Mohammed Ali, e lembrava os direitos e deveres fundamentais de um cliente da *A Catedral*, direitos e deveres que ele tinha gravado em uma tábua de madeira okume, de maneira que não podíamos entrar no bar sem dar de cara com essa lista de leis; notava-se, entre outros direitos, o de escolher sua garrafa sem ser contrariado pelos garçons, o de poder guardar meia garrafa para o dia seguinte, o de receber uma garrafa grátis depois de dez dias de presença assídua no estabelecimento, havia também os deveres, entre outros o de não brigar, o de não vomitar no interior do estabelecimento mas sim na rua dos Cocôs, o de reconhecer que não era O Lobo das estepes que incitava o cliente a vir em seu comércio, o de não insultar os garçons, o de pagar sua consumação assim que fosse servido

durante toda a sua estada em New-Bell, nosso patrão se sentava nesse bar, observava de perto o comportamento dos clientes e dos garçons, conversava com o Lobo das estepes que rapidamente se tornou seu amigo, e foi nessa época que Escargô cabeçudo, seduzido por esse comércio original, voltou rapidinho ao país, só sonhava em copiar o modelo de New-Bell, mas lhe faltava o dindin, não realizamos um sonho com palavras, Escargô cabeçudo tinha vontade sobrando, e ele quebrou seu cofrinho, e emprestou dinheiro a torto e a direito, e rimos quando ele falou desse projeto, as pessoas diziam que era como se ele tentasse viajar com um salmão sem ser detido pela vigilância sanitária da alfândega, e ainda assim ele começou seu negócio pouco a pouco com quatro mesas e um balcão de menos de dois metros, depois oito mesas porque as pessoas aumentavam, depois vinte mesas porque as pessoas aumentavam ainda mais, depois quarenta mesas com um terraço porque as pessoas faziam fila e esperavam para que fossem servidas, e toda a cidade falava nisso, o boca a boca tinha funcionado bem, ainda mais já que todo mundo sabia que Escargô cabeçudo sempre tinha sido honesto com a administração, pagava seus impostos em dia, sem discutir o montante, pagava sua patente, pagava a licença disso, a licença daquilo, tinham lhe pedido todos os papéis, inclusive seu certificado de batismo, sua carteira de vacinação contra a pólio, contra a febre amarela, contra o beribéri, contra a doença do sono, contra a esclerose múltipla, lhe pediram sua habilitação para dirigir um carrinho de mão, uma bicicleta, o fizeram passar por controles rigorosos que não são necessários aos bares que fecham à meia-noite, o fizeram passar por coisas que não são necessárias aos bares que fecham aos domingos, que fecham nos feriados, que fecham no dia do velório de alguém próximo, que fecham por um sim, que fecham por um não, lhe prometeram que o fariam afundar, que dariam então a seu defunto bar o nome apropriado de *Titanic*, lhe prometeram que ele comeria pão com água, que se tornaria um vagabundo, um pedaço de madeira de Deus, um condenado da terra, que dormiria em barris como alguns filósofos do passado, e entretanto Escargô cabeçudo continua aqui, e entretanto continua de pé, determinado como um jogador de xadrez, e ele viu os anos passarem em um combate duvidoso, e viu os invejosos se cansarem de tanto procurar pelo em ovo, e resistiu ao feitiço dos imbecis, e viu os outros comerciantes o tratarem de feiticeiro, de Houdini, de Al Capone, de Angoualima o assassino de doze dedos, de Libanês da esquina, de Judeu errante, e sobretudo de capitalista, uma ofensa séria quando se sabe que aqui ser tratado de capitalista é pior do que insultar o sexo de sua mamãe, o sexo de sua irmã, o sexo de sua tia materna ou paterna, e é graças ao presidente-general das forças armadas que nós detestamos os capitalistas, podemos ser chamados de tudo neste país, menos de capitalista, isso pode justificar o uso de violência, pode justificar uma boa briga de classes sociais, um acerto de contas mortal, porque o capitalista é aqui como o diabo, ele tem uma barriga enorme, fuma cigarros cubanos, anda de Mercedes, é careca, é egoisticamente rico, faz manobras e trambiques, explora o homem pelo homem, a mulher pela mulher, a mulher pelo homem, o homem pela mulher, às vezes explora até mesmo o homem pelo animal pois tem muita gente aqui que é paga apenas para alimentar, cuidar e passear com os animais do capitalista, e então haviam tratado nosso *barman* de capitalista, e ele tinha deixado passar essa ofensa grave, Escargô cabeçudo tinha resistido, tinha se refugiado em sua baba de gastrópode endurecido, e os ventos passaram, os furacões também, os tornados também, os ciclones também, Escargô cabeçudo tinha balançado mas não tinha caído, e foi um pouco graças a nós que confiamos nele desde o começo, víamos como pescava de sono no balcão nos primeiros meses de abertura de seu estabelecimento, e ele não tinha empregados fiéis nessa época, se deixava então ajudar por primos desonestos que lhe roubavam seu medíocre lucro no primeiro canto do galo, ele se levantava de manhã com o caixa vazio pela metade e uma montanha de garrafas de vinho entretanto pagas pelos clientes, logo entendeu que não era bom misturar família e negócios, que devia contratar pessoas sérias, responsáveis, e teve sorte de trombar com dois tipos incorruptíveis, dois tipos que têm a fé cega, digamos que um desses tipos se chama Mompéro, é um antigo trabalhador do serviço funerário, só se alegra por um acaso de circunstâncias, não devemos nem mesmo tentar lhe contar uma piada, para ele o riso nunca foi próprio ao homem, não devemos nem mesmo tentar pagar fiado, "você pagará aqui e agora ou sairá com meu pontapé na sua bunda", é o que ele dirá, Mompéro, nunca o vi discutir com ninguém, se eu digo nunca é porque é nunca, ele tem um rosto de pedra, as sobrancelhas em acento circunflexo, os lábios em ventosa, os músculos de lutador, e contam até que um dia, irritado, ele de fato agrediu uma árvore frutífera que não lhe tinha feito nada, e todas as folhas dessa árvore inocente caíram de uma só vez, e contam também que quando ele está bravo, mas bravo mesmo, é preciso lhe dar dois litros de óleo de palma para beber, um copo de gordura de serpente boa, é preciso também lhe dar um quilo de cebola para mastigar, aqui nós sabemos, não devemos procurar briga com ele porque isso acabará mal, muito mal, e quanto ao segundo garçom, ele se chama Dengaki, é um antigo goleiro da equipe de futebol da etnia bembé, sabe manejar a faca melhor do que um açougueiro *serial killer*, é capaz de segurar uma garrafa antes que ela caia e se quebre, já ele às vezes é simpático, mas não podemos exagerar porque seu colega Mompéro vem de tempos em tempos colocá-lo em seu lugar e lhe dizer que ele não está interessado em se aproximar dos clientes, em se deixar ficar íntimo e, quando há um problema, é Mompéro que exibe seus músculos enquanto Dengaki faz o diplomata plenipotenciário antes de ameaçar mostrar o canivete que esconde no bolso da cueca, então os dois caras estão aqui desde a abertura do bar, eles adoram o trabalho, nada a dizer sobre isso, e quando um trabalha de dia, o outro trabalha à noite, eles alternam assim, às vezes Mompéro trabalha uma semana inteira de dia e Dengaki uma semana inteira à noite, nunca houve nenhum problema nesse quesito, a máquina está lubrificada há anos, e então *O Crédito acabou* está permanentemente aberto, as pessoas estão felizes assim, não controlam a hora, não temem um ultimato de um garçom apressado para voltar para casa, um garçom que viria berrar que o estabelecimento vai fechar em alguns minutos "esvaziem os copos, voltem para casa, bando de bêbados incorrigíveis, vão encontrar suas mulheres e filhos e tratem de engolir um bom caldo de peixes de mar para eliminar o álcool que está em vocês"

como eu poderia me esquecer desse pai de família expulso de sua casa como um cão raivoso e que tanto me fez rir há mais de dois meses, digamos que é um pobre homem que está fadado hoje a usar fraldas Pampers como um bebê, eu gostaria sobretudo de não dar risada de sua condição, mas é a triste realidade, e eu não lhe tinha pedido nada, eu, eu apenas tinha olhado para ele diretamente nos olhos, depois ele me disse, com um ar de declaração de guerra, "por que está olhando para mim, Copo Quebrado, quer minha foto ou o quê, me deixe tranquilo, olhe então para os outros ali que conversam no cantinho", mantive minha calma, minha serenidade, não é possível responder de cara a pessoas dessa espécie desesperada, mas ainda assim eu disse "meu senhor, eu olho para você assim como eu olho para todo mundo, só isso", "sim mas você me olha de um jeito estranho, não é assim que olhamos para as pessoas", e eu lhe respondi, ainda sem perder a tranquilidade, "como você sabe que eu te olho se você mesmo não está me olhando, hein",

Copo Quebrado

então aí, ele pareceu surpreso, pego em sua própria pegadinha já que murmurou algo do tipo "eu não falarei nada, não te direi nada de minha vida, minha vida não está à venda nos leilões", aí está alguém perdido, eu lá queria escutá-lo, eu, tem gente assim, quando querem desembuchar alguma coisa, precisam te importunar, te tirar do sério a fim de dar a impressão de que falaram a contragosto, eu que analiso a psicologia dos clientes d' *O Crédito acabou* há anos e anos, eu conheço esse comportamento, "eu não te peço para falar, cara, você não me conhe¡Ωce bem, informe-se, você acha que eu, Copo Quebrado, já pedi para alguém daqui me dar o manual de instruções de sua vida, me vender sua vida em um leilão, hein", e depois ele terminou dizendo "Copo Quebrado, a vida é muito complicada, tudo começou no dia em que voltei para casa às 5 da manhã, te juro, e nesse dia eu constatei que a fechadura da casa tinha sido trocada porque eu não conseguia enfiar a chave dentro, e então eu não conseguia entrar na casa que era minha, uma casa que eu alugava, sim, além disso era eu quem a tinha encontrado, era eu também quem tinha pago a caução, eu juro em nome de meu pai, de minha mãe e de meus seis filhos, eu também desembolsei doze meses de aluguel e o mês em curso antes mesmo de levar um único garfo para lá, aliás, só eu trabalhava, te digo, e quanto à minha esposa não vamos nem falar disso se não vou me irritar aqui e agora, não é uma mulher de verdade, é um vaso de flores murchas, é uma árvore que não dá nem mesmo mais frutos, não é uma mulher, te digo, é um saco de problemas, e te digo que ela estava lá, tranquila como uma batata de Bobo Diulasso, como um capitalista, estava lá esperando que eu trouxesse dinheiro fresco para casa, estava lá dando voltas sem sair do lugar, discutindo de manhã, à tarde e à noite com as gordas senhoras divorciadas, com as viúvas do bairro Trezentos, essas feiticeiras de túnicas fedorentas, essas depravadas que embranquecem a pele, essas caluniadoras que alisam os cabelos para se parecer aos Brancos enquanto algumas Brancas fazem agora tranças para se parecer às Negrinhas, você vê o problema, Copo Quebrado, minha mulher estava lá então vagabundeando com essas mulheres rodadas que fingem ir à igreja rezar quando na verdade é para cruzar com seus amantezinhos de merda, porque te juro que fornicam para valer nessas igrejas aí, não temos nem mais respeito pela casa de Deus, e aliás Deus em tudo isso, eu nem sei mais onde Ele está, em todo o caso não está nessas igrejas aí, na verdade essas mulheres caluniadoras, essas megeras estão convencidas de que se Deus existe Ele perdoa tudo, qualquer que seja o pecado e qualquer que seja a pessoa que fizer as besteiras proibidas para a Bíblia de Jerusalém, te digo que fornicam demais nessas igrejas do bairro, não há melhor lugar para as orgias, as trocas de casais, não há melhor lugar do que essas falsas casas de Deus que brotam aqui e acolá, todo mundo o sabe, até mesmo as pessoas do governo do qual alguns membros financiam essas casas santas de fornicação, mas essas não são igrejas de verdade, são mantidas por iluminados de cabeças raspadas que utilizam, desvirtuam, analisam, contaminam, engorduram, ofendem, profanam a Bíblia de Jerusalém e que organizam verdadeiras festas de pernas pro ar com os fiéis, homens ou mulheres, sim, nessas igrejas existem também os pervertidos, os pedófilos, os zoófilos, as lésbicas, e fornicam entre duas rezas, entre duas ave-marias, e fazem isso durante suas peregrinações para as montanhas altas de Loango, de Ndjili e de Diosso para a assim chamada boa meditação protegida de nós outros os descrentes, os homens de pouca fé, os filisteus, os carneiros desorientados, os fariseus, mas até parece, eles vão lá para fornicar para valer, e eu, eu digo alto e bom som "desça, Moisés", essas pessoas estão loucas, fazem isso durante a peregrinação às três montanhas, e minha mulher começou com essas idiotices aí com seu guru que ela adula até a morte, te digo que esse guru aí semeou crianças aqui e acolá com jovens que ainda não sabem nem sequer trocar os absorventes quando é chegada a hora das ondas do mar vermelho, te digo que esse guru aí tem dinheiro, muito dinheiro, ele pode até mesmo alimentar esse bairro inteiro durante um século de embargo americano, e esse dinheiro vem de você, vem de mim, vem de todo mundo deste país, te digo que ele é muito muito rico esse malfeitor, e ele conhece todos os caras bem posicionados na administração, parece que ele tem uma foto com o primeiro-ministro, com o presidente-general das forças armadas, com os coronéis de nosso exército, parece também que é ele que dá metade das bestas distribuídas aos pobres durante a Festa do bode, ele tem um programa de televisão aos domingos, e assume um ar sério, e fala como os pregadores negros americanos e, quando ele fala na televisão, ele ameaça os infiéis, lhes promete as chamas do inferno, o último Julgamento e tudo o mais, é assim que ele recruta os fiéis, é assim que coleta somas astronômicas, tem um número de telefone que passa na tela enquanto ele fala, tem até mesmo crianças ao seu redor, vestidas de branco e que cantam seus cânticos em vez de cantarem os cânticos do Senhor, e as pessoas competem nas doações pensando que, quanto mais dermos a esse charlatão, mais nos aproximaremos do portal do paraíso, eu não gosto da cara desse tipo, ele parece uma estátua de um buda gordo e malvado, quem sabe perverso, e então como é que você pode atacar esse ladrão quando é o exército oficial quem lhe fornece os militares para assegurar sua segurança, hein, até mesmo para vê-lo é preciso agendar uma reunião com semanas de antecedência, e seus secretários não deixam qualquer um se aproximar dele, você vê então que essa história não é uma simples história de Deus, o Pai, é pura e simplesmente um negócio, digamos que as coisas, assim como estão, é um negócio que vai bem, e você entende também que esse guru tem todo um harém nas montanhas de Loango, de Ndjili e de Diosso, é um grande passeio sexual, uns pedaços de pernas pro ar, e é então minha mulher que saía de casa durante uma semana, é então minha mulher que ia para lá, para essas montanhas que não são nem mesmo sagradas e que ela julgava serem montanhas da alma"

    o tipo de Pampers parecia nesse dia procurar as palavras, depois de repente reencontrou sua inspiração, continuou seu relato sem se certificar de que eu o acompanhava, "você vê então, Copo Quebrado, minha mulher ousava me proibir de sair, te digo que não era ela quem podia me comandar assim, além do mais era eu quem pagava tudo em casa, e era ela quem se permitia ditar as regras, onde é que você já viu isso nesse mundo que colapsa, hein, isso não existe, te digo, e era ela quem me impedia de ter alguns mimos legítimos com as fogosas do bairro Rex, você vê o problema, e eu, eu devia fazer o que enquanto o guru trabalhava com minha mulher no alto das montanhas de Loango, Ndjili e Diosso lá longe, hein, eu devia fazer o que durante esse tempo, hein, cruzar os braços como um espectador, hein, ler a Bíblia de Jerusalém, hein, me ocupar da casa, hein, lhe preparar comida, hein, eu posso ser um corno, mas um corno póstumo, veja, eu posso ser um corno, mas não com a cumplicidade dos religiosos, não com a cumplicidade dessas pessoas que deveriam normalmente nos mostrar o caminho ao paraíso, você entende que tem dias que eu penso que alguns de meus filhos, menos a filha que se parece comigo, são na verdade filhos desse guru, e eu, eu devia fazer o que durante esse tempo, hein, é verdade que eu gosto das fogosas do bairro Rex, sim, eu gosto do gosto das jovens, sobretudo das jovens do Rex, verdadeiras belas do Senhor, elas sabem manusear a coisa em si, elas nasceram com isso em volta dos rins, nunca um homem viverá tais maravilhas, tais tremores sob teto conjugal, e depois essas jovens aí são terríveis, te digo, Copo Quebrado, são uns vulcões, essas jovens, elas te prometem o céu e o oferecem enrolado em papel de presente enquanto nossas mulheres não realizam nenhuma promessa, ora com as jovens do bairro Rex, tudo é quente, é ao mesmo tempo contorcionismo e elasticidade, tudo é picante, açucarado, febril, elas sussurram na tua orelha, acompanham tua ereção milimetricamente, sabem onde te tocar para acordar a máquina adormecida, sabem como não te fazer parar diante de uma rotatória, sabem como te deixar potente, mudar de marcha, acelerar, ficamos felizes, temos a vida diante de nós, e depois o que você quer, Copo Quebrado, era além do mais o meu dinheiro, e eu tinha o direito de fazer o que eu quisesse com ele, não, por que é que ela tinha de encher meu saco desse jeito, hein, além disso te conto que ela não fazia bem a coisa lá, se não eu teria ficado em casa como os outros idiotas do bairro, ora minha mulher, ela ficava lá olhando as casas, me obrigando a limpar as unhas, pensando nas silhuetas elegantes das jovens do bairro Rex, ela podia pelo menos ficar plantada lá enquanto eu galopava sobre ela como um corredor medíocre da corrida do bairro Trezentos, e vou te dizer um segredo público enquanto penso nisso, Copo Quebrado, um dia ela de fato me forçou a acabar logo de me retorcer em cima dela porque ela não queria acima de tudo perder o último episódio da novela *Santa Barbara*, e eu emperrei na hora, nada mais funcionava, as baterias mortas, nada, mais nadinha de nada funcionava, te digo, e, impotente, vi meu instrumento de trabalho perder a altitude e se tornar uma patética bandeira à meia-haste antes de adquirir as dimensões ridículas da coisa de um recém-nascido prematuro, então te digo que eu estava surpreso, desconcertado, perplexo, desorientado, te juro, me vesti em um pulo, gritei como nunca antes, disse merda, merda, merda, prometi que não pagaria mais nada em casa enquanto ela não agitasse o traseiro durante nossos relaxamentos, acrescentei que não devia mais contar comigo, que eu não era um ingênuo, um idiota, um burro, que eu tinha meu orgulho a defender contra ventos e marés, então eu quase a matei de susto quando disse que era com uma verdadeira tábua que eu tinha me casado, que aliás ela não sabia o que significava dar prazer a um homem, disse que o único ato que ela terminou com sucesso tinha sido a procriação que qualquer besta selvagem poderia assegurar, sim, disse tudo isso sob o efeito da raiva enquanto me vestia em um pulo, saí da casa batendo a porta, e uma vez fora eu corri como um louco que fugiu do asilo enquanto seu vigia mijava, e eu saltei em um taxi-ônibus,[7] o motorista queria conversar, eu o mandei pastar porque não via de que eu e ele podíamos falar, e ele me disse que eu tinha um problema que me perturbava, que isso se via assim como o nariz no meio da

---

[7] "taxi-brousse" em francês, correspondente a "taxi de mata". É um tipo de táxi coletivo interurbano existente em vários países da África negra que comporta até 10 passageiros. [N.T.]

cara, eu lhe disse para me dispensar de suas suposições, fechar a boca e me levar rapidinho ao bairro Rex, mas ele continuou a tagarelar, a me importunar a fim de saber a razão de meu desespero, eu não lhe confiei nada, lhe disse que se ele abrisse mais uma vez sua boca de meteco, eu desceria de seu velho calhambeque, e ele suspirou murmurando que era ainda uma história de mulheres, que eu tinha cara de alguém que não estava satisfeito em casa, eu me sobressaltei, "como você sabe disso, você, hein", ele gargalhou e se virou "todos os homens que têm a sua cara e que vão ao bairro Rex são em geral cornos ou homens cujas mulheres são como tábuas de okume", eu disse mais uma vez para ele fechar seu bico de calau, "as jovens do bairro Rex são quentes, não é mesmo", ele disse, eu estava ofendido e lhe lancei "não me encha o saco e dirija, te digo", mas esse idiota não parou já que disse ainda "meu rapaz, a vida é bela, tome tempo para rir, daqui a pouco você vai voar, então relaxe, fique tranquilo, respire um pouco" e, como eu não lhe dirigia mais a palavra, ele continuou rindo "como você quiser meu rapaz, eu estava só puxando papo, é ainda assim engraçado que hoje em dia os clientes não tenham mais senso de humor, te levo então ao bairro Rex, mas pense em mim daqui a pouco quando estiver nas nuvens com uma jovem", e ele não disse mais nada, exibiu um sorriso maroto durante todo o trajeto, e finalmente chegamos ao bairro Rex, eu paguei esse motorista idiota, mas lhe joguei as notas pela janela, ele partiu me mostrando o dedo do meio, eu gritei "imbecil", ele respondeu "corno", mas eu não estava nem aí, eu estava no bairro Rex, e lá as moças eram frescas, disponíveis, abertas a todas as propostas principais e subordinadas, então eu me via em meu ambiente natural, a escola da carne, o bairro Eroshima, e as moças me conheciam todas porque eu sabia venerar seus corpos, suas belezas, porque eu não as via como putas, eu fazia tudo o que eu podia fazer com uma mulher normal dotada de um potencial erótico e não frígida como a minha, e uma dessas jovens me perguntou nessa noite se eu desejava uma massagem especial que elas chamam de *carne do mestre*, eu disse imediatamente sim para a *carne do mestre* porque um de meus amigos haitianos que vive agora em Montreal tinha me falado bem dela mesmo que isso custasse o dobro do preço normal, eu disse sim e sim à *carne do mestre*, te asseguro que fiquei de fato nas nuvens e, quando voltei para casa ao amanhecer, percebi que minha mulher tinha trocado a fechadura da casa, sim, você entendeu bem, Copo Quebrado, depois de mais de 14 anos e meio de casamento, 14 anos durante os quais eu me entediei mortalmente, 14 anos de deserto de amor, de comédia, de simulacro, de fingimento, 14 anos de calvário e da posição papai e mamãe, ela tinha trocado a fechadura da casa, então você entende que eu não podia dormir do lado de fora por causa da fechadura que ela tinha trocado com a cumplicidade do meu cunhado que é um marceneiro renomado, eu não podia dormir do lado de fora como um bebum, nunca na vida, então bati na porta sem resultado, gritei o nome de minha mulher a ponto de atrapalhar os vizinhos, ela não abriu, ameacei que iria arrombar a porta e que contaria até cinco, e contei lentamente, ela não foi abrir, então você entende que eu chamei os bombeiros porque eu não queria quebrar a porta da casa, e quando eles chegaram com seu arsenal, pensando se tratar de um verdadeiro incêndio de floresta, expliquei que não havia fogo em casa, mas era preciso encontrar um argumento forte porque esses caras aí também se entediam bastante quando não há fogo nenhum no bairro, normalmente ficam de saco cheio de fazer simulações, e alguns deles se aposentam sem nem mesmo ter apagado uma chama de fósforo, e eu menti fingindo que meus filhos estavam presos e que a mãe deles tinha apagado, e, um pouco decepcionados pela falta de fogo, os bombeiros me perguntaram por que eu não tinha as chaves de meu próprio domicílio, eu disse que ao sair para trabalhar à noite eu as tinha esquecido em casa, então minhas chaves estavam dentro e não comigo, e depois um dos bombeiros frisou que eu era de fato um idiota de última categoria, retruquei que ele não precisava nem dizer, e os bombeiros se obstinaram por sua vez a abrir a porta como loucos que querem todos entrar ao mesmo tempo no buraco de uma agulha, e arrombaram essa porta de merda que apesar de tudo os fez suar e xingar, e minha mulher surgiu do quarto aos berros, as garras todas de fora, gritou comigo como um leoa que protege seus pequenos há dois dias, me jogou no chão porque ela é mais forte do que eu e mesmo do que você, Copo Quebrado, é uma verdadeira fúria, minha mulher, acredite em mim, eu gritei socorro, e os bombeiros nos separaram, perguntaram o que estava acontecendo em nosso lar, eu quis falar primeiro porque sou eu o homem, e minha mulher me estapeou, disse para eu fechar minha boca de comedor das jovens do Rex, e ela mentiu ao fingir que eu não devia mais circular nas redondezas do domicílio conjugal porque o juiz das causas matrimoniais do bairro Trezentos tinha me expulsado de casa havia meses, e os bombeiros me trataram como um pobre mentiroso, um pobre mitômano, um pobre tipo, e me disseram para cair fora do domicílio conjugal imediatamente, "a lei é dura mas é a lei", disseram assim, e eu, eu me recusei a sair porque não via onde estava a lei para que fosse dura comigo, então eu disse que além de tudo era eu quem pagava a casa, era eu quem tinha comprado a televisão, os pratos Duralex, era eu também quem pagava pela comida, era eu também quem pagava pelos materiais escolares das crianças, era eu também quem pagava a água, era eu também quem pagava a eletricidade e tudo o mais, e então eles chamaram a polícia porque normalmente os bombeiros não têm algemas consigo, eles chegam sempre com esguichos, macas, caminhões enormes que atrapalham todo mundo por causa de algum fósforo sueco quebrado aqui e ali, e não é função deles mandar as pessoas para a prisão, estão lá para apagar incêndios e para reanimar os fracos de espírito, os suicidas, os acidentados que desmaiam, então a polícia chegou logo já que ela fica a menos de 200 metros dessa casa que eu alugava com o meu dinheiro, e te digo que minha mulher explicou aos policiais que eu era perigoso, mais perigoso até do que o famoso assassino Angualima que cortava a cabeça das pessoas e as expunha sobre a Costa selvagem, e minha mulher disse que eu era um procurado da justiça, um reincidente, que eu era um ladrão, um vendedor de cânhamo indiano, de cocaína de Medelín, e ela também disse que eu não dormia mais em casa, que eu não me lavava mais, que eu batia até a morte em nossos filhos, que eu não pagava mais os aluguéis, que iam expulsá-la da casa, que eu dormia na casa das putas do bairro Rex, que eu dormia com elas sem usar os preservativos de verdade vindos da Europa central porque, segundo ela, os preservativos vindos da Nigéria não são bons, eles têm um buraco na frente, e esse buraco permite ao homem de enganar a mulher, de ter prazer como se ele não estivesse com preservativo, e a pobre mulher imagina que o homem sobre ela colocou um preservativo quando na verdade é um negócio esburacado na frente, você percebe o que eu quero dizer, Copo Quebrado, então minha mulher disse que talvez eu fosse mesmo soropositivo sem o saber, que meu caso era grave porque eu emagrecia de um jeito bizarro, que meu rosto parecia o de um linguado, que eu tinha agora a cabeça de um hotentote, que eu tinha diarreias todos os dias, que eu gemia quando fazia xixi, que eu vomitava, e ela disse ainda que meu salário era administrado pelas jovens do bairro Rex, que eu tinha duas amantes que podiam ser minhas netas ou as netas desses bombeiros e desses policiais presentes na casa, meu Deus, e depois foi assim que a situação se degradou, se degradou sobretudo quando minha mulher afirmou que eu fazia safadezas com nossa filha Amélie, que eu era mais do que um feiticeiro, um bárbaro, um homem das cavernas, ela disse a essas pessoas que estavam em nossa casa que eu me levantava no meio da noite para tocar minha filha, lhe fazer essas safadezas, essas sujeiras, e para isso, ela disse que eu fazia Amélie beber um sonífero para que não percebesse minhas safadezas, minhas sujeiras, mas diga-me, Copo Quebrado, você me vê fazendo esse tipo de coisa, hein, será que você me vê, hein, sujando o vestiário da infância, você me vê, eu, violando os brotos, será que você me vê, eu, me aproveitando das crianças, é impossível, e ainda por cima minha filha, Amélie, veja bem, e eu estava tão chocado que não respondi nada diante dessas falsas acusações, e então havia entre essas pessoas de uniforme um policial de nacionalidade feminina com músculos de pescador e os cabelos cortados curto como um policial normal, quero dizer como um policial homem, e foi esse policial de nacionalidade feminina que me empurrou contra a parede, me chamou de canalha, de pedófilo, de sádico, disse que mesmo morta ela acabaria comigo, que iria cuspir no meu túmulo, disse que eu parecia um marinheiro rejeitado pelo mar, que eu devia saber que cada crime tinha seu castigo, e esse policial de nacionalidade feminina jurou então que me prenderia, prometeu que faria de tudo para que não houvesse um processo pois seria muito privilégio meu ser gratificado com um processo, o processo é complicado, foi ela quem colocou as algemas em mim, e seus colegas me deram uns coices, uns chutes nas coxas enquanto eu agonizava diante desses intrusos, e posso até mesmo te mostrar as cicatrizes, as marcas que não saem mais desde esse tempo, então comecei a vomitar pétalas de sangue, pétalas de sangue grosso como as batatas de Bobo Diulasso, pétalas de sangue grosso como o cocô de um dinossauro, e essas pessoas me arrastaram até o comissariado principal do bairro, quando disseram lá que eu era pedófilo, os outros policiais gritaram todos em coro que era preciso me levar diretamente a Makala onde me fariam pagar a metade de uma vida, Makala é o lugar mais temido dos malfeitores desta cidade, e me levaram para lá, te juro, Copo Quebrado, a situação era séria, então vendo onde estou hoje, aqui, você não acreditará em mim, passei mais de dois anos e meio em Makala, e dois anos e meio nessa prisão não é brincadeira"

eu o escutava sem piscar, ele tinha lágrimas aos olhos, bebeu um bom tanto antes de retomar sua narrativa, "dois anos e meio em Makala, é longo como a eternidade, sobretudo quando os outros prisioneiros são informados de que você fazia safadezas com sua filha sendo que não era nem mesmo verdade no meu caso, simplesmente porque sou incapaz de sujar os vestiários da infância, de violar os brotos, de tirar proveito das crianças, te juro, e eu infelizmente suportei um calvário, o que eu vivi lá é mais do que o que vivem os que vão para o inferno, era terrível, insuportável, Copo Quebrado, não sei como eu fiz para aguentar, imagine então esses guardas de prisão que deixavam os *caïds*[8] das outras celas me encherem o traseiro desse jeito, fazer o que eles chamavam de *a travessia do meio*, te digo que era isso que acontecia, te juro, eu era o objeto deles, o joguinho deles, a boneca inflável deles, eu abandonava meu pequeno corpo que você vê aqui diante de ti, o que eu podia fazer, eu não podia fazer nada, eles eram muitos, brigavam por sua vez, e quando eu gritava por causa da frequência dessas travessias do meio os guardas de Makala gargalhavam, me diziam para pensar no mal que eu tinha feito á Amélie sendo que não é nem mesmo verdade, porque sou incapaz de sujar o vestiário da infância, de violar os brotos, de me aproveitar das crianças, e todos os dias me atravessavam o meio assim, me pegavam por trás, eu nem fechava mais os olhos, tinha sempre alguém atrás de mim, me chicoteando, me tratando como puta suja, cachorra, lixo doméstico sem taxa, legume do mercado Tipotipo, barata, medusa, mariposa, fruta podre da árvore-do-pão, me chamaram de tudo isso, e às vezes até mesmo um dos guardas de Makala executava ele mesmo a travessia do meio, era um jovem nervoso que me tinha dito que ele nunca tinha feito isso a alguém, a um homem, que ele não era homossexual, mas que o faria apenas para me fazer pagar pelas sujeiras que eu tinha feito com a Amélie sendo que não era nem mesmo verdade, e era ele que me chicoteava enquanto martelava meu traseiro com golpes de caminhoneiro, te digo que ele era dotado como um King Kong, e então você percebe que essas pessoas de Makala estragaram tudo em mim, te juro, posso te mostrar minha bunda, mesmo tuas duas mãos juntas podem entrar lá sem problemas, não estou mentindo, eu não tive direito a um processo neste país de merda"

depois que terminou de me contar sua vida, o tipo de Pampers levantou o copo para me dizer "tchau", bebeu de um trago, se serviu de novo logo em seguida, depois bebeu de novo de um trago

---

[8] "caïd", em francês, designa uma posição de chefia política, militar ou tribal. [N.T.]

e enfim se levantou dizendo "bem, bem, bem", eu pude então ver de perto seu traseiro envolto por quatro camadas grossas de Pampers que se sobrepunham, um traseiro úmido, havia umas moscas que circulavam ao redor dele, e ele achou bom me precisar "não ligue para as moscas, é sempre assim, Copo Quebrado, as moscas se tornaram minhas amigas mais fiéis, eu não as espanto mais porque elas acabam me encontrando onde quer que eu esteja, tenho a impressão de que são as mesmas moscas que me perseguem", e me disse de novo "tchau" com a cabeça, e eu também disse "tchau" com a cabeça, e ele partiu para mendigar nas ruas do bairro enquanto eu o observava desaparecer no horizonte, pensei que um desses dias ele vai acabar ficando doido, virá me pedir "diga-me quem matar", claro que eu não aceitarei tal projeto, não serei nunca um cúmplice de assassinato, eu, o assassinato é uma outra realidade, eu não sei como as pessoas fazem para matar, a vida é uma coisa essencial, minha mãe me repetiu muito isso mesmo ela já estando morta, eu não me afastarei dessa linha de conduta digna, então se as ideias de um crime atravessam o espírito do tipo de Pampers, ele só poderá cometer seu golpe sozinho

eu conheci O Impressor do mesmo jeito que conheço a maior parte dos personagens novos deste bar, eles saem não sei de onde, e aparecem diante de mim, as lágrimas aos olhos, a voz trêmula, e esse tipo, quero dizer O Impressor, ele me procurava para conversar desde o primeiro dia em que colocou seus pés chatos no *O Crédito acabou*, tinha realmente vontade de falar, de falar comigo, não com outra pessoa, e gritava então "quero falar, quero falar com você, é você que chamam de Copo Quebrado aqui, hein, quero falar com você, tenho muitas coisas para te contar, deixe-me sentar em tua mesa e pedir uma garrafa", eu, eu interpretava aquele que

Copo Quebrado

fingia não se interessar por sua história, mas escutei tudo, e não é apenas de um único caderno que eu precisaria para reportá-la, seriam precisos muitos volumes para falar desses reis malditos, então O Impressor exprimia sua impaciência, eu continuava olhando para minha taça de vinho tinto como um filósofo se perguntando o que um líquido podia tramar na sua profundeza misteriosa, e se tem um segredo que eu posso revelar aqui é que, para fazer as pessoas falarem, é preciso fingir distância, indiferença, em uma palavra o desinteresse, não há nada melhor do que esse estratagema velho como o mundo para desengatar algo, e aí essas pessoas em busca de confissão ficam um pouco chocadas, elas que estavam persuadidas de que sua história era a mais extraordinária da terra, a mais bizarra, a mais surpreendente, a mais arrebatadora, elas querem te mostrar que aquela que eles têm para te contar é tão grave e séria quanto a pena de morte, "por que falar comigo", eu fiz cara de espanto quando na verdade eu queria mesmo escutá-la, e ele respondeu "porque me disseram que você é um tipo do bem", e eu ri, em seguida ergui minha taça de vinho tinto e engoli de uma vez, "e o que foi que te disseram sobre mim", perguntei ao Impressor, "é você o decano dessas pessoas aqui que estão a nossa volta", e eu ainda ri antes de afirmar "se a sabedoria se medisse pelo comprimento da barba, os bodes seriam filósofos", O Impressor me olhou com os olhos arregalados, quase se agachou para me dizer "Copo Quebrado, isso é jeito de falar comigo, eu procuro alguém que possa me compreender, e o que essas histórias de bodes e de filósofos têm a ver com isso, não tô nem aí, eu", eu disse para ele se acalmar, que eu não estava rindo dele, e acrescentei "elas devem ter te dito outra coisa, não, essas pessoas que falaram de mim com você", ele balançou a cabeça "sim, me disseram que você viu o primeiro tijolo deste bar, me disseram também que Escargô cabeçudo é teu amigo pessoal, que ele te escuta", eu sorri, lisonjeado por essas boas palavras, são palavras assim que gosto de escutar, esse tipo começava a ficar interessante, "e depois o que mais, não foi só isso que te disseram né", ele se pôs a pensar, o olhar voltado para o céu, "parece até que você escreveu alguma coisa sobre os tipos do bem deste bar, você escreve em um caderno, deve ser este caderno que está ao seu lado, não é", eu não respondi, coloquei uma das mãos sobre a página do caderno porque o tipo tentava ler meus rabiscos, não gosto disso, e me servi uma outra taça de vinho tinto depois de ter agitado bem a garrafa, bebi de um só gole antes de lhe perguntar "então o que é que você quer, você aí", ele de repente ergueu a voz "eu quero também um lugar no seu caderno porque você vai deixar alguns idiotas famosos enquanto que de todas as pessoas que estão aqui, sou eu o mais interessante", que pretensioso, esse tipo, quem ele achava que era então, "acalme-se, acalme-se meu rapaz, e quem é que diz que é você o mais interessante aqui, francamente é uma afirmação gratuita, me dê uma só, só uma razão para acreditar que é você o homem mais interessante entre todos os que nos cercam aqui", e ele respondeu, sem tomar tempo para refletir, "eu sou o mais importante desses caras porque eu fui até a França, e isso não é dado a todo mundo, acredite em mim", e ele disse isso com um tom natural que não deixava lugar para a contradição, a França era para ele a unidade de medida, o ápice do reconhecimento, colocar os pés lá era se elevar ao patamar daqueles que têm sempre razão, o que é que eu podia objetar a ele depois dessas palavras, bem que tentei achar um argumento de contra-ataque, não achei nada, então capitulei "então, sente-se, cara, vamos ver isso de perto", e ele se sentou em minha mesa, e eis então que encheu o copo vazio que acabava de pegar na mesa vizinha, e eis então que bebeu de uma só vez, e eis então que arranhou a garganta três vezes antes de me ameaçar "te digo, Copo Quebrado, se você não me colocar neste teu caderno, isso aí não valerá nada, nadinha de nada, e te digo que podem até mesmo fazer um filme sobre a minha vida", enfim se acalmou, houve um longo silêncio no qual escutavam-se anjos caídos voando em cima de nossas cabeças, eu, eu ainda o fixava, "bom, começo por onde, hein, começo pelo quê" perguntou ele com um ar de resignação, eu não disse nada, ele continuou "para dizer a verdade, eu não odeio os franceses e as francesas, mas eu odeio uma francesa e apenas uma, te juro", a coisa começava bem com esse tipo de declaração, permaneci mais do que nunca em silêncio, queria que ele parisse agora sob a pressão de meus olhos fixos nele, e ele soltou sua grande artilharia "a França, ah a França, nem sequer me fale dela, Copo Quebrado, tenho vontade de vomitar", cuspiu no chão, os traços de seu rosto endureceram como um gorila que percebe um caçador atravessando seu território, "bom, vou começar pelo começo, mas escute-me bem porque o que vou te contar é muito importante, tome nota, anote bem, quero te ver escrevendo enquanto falo, e verá como não devemos nunca confiar nas pessoas, é um conselho de amigo, Copo Quebrado", ele realmente parecia saber enrolar as coisas, eu tinha vontade de lhe dizer para ir direto ao ponto em vez de dar voltas na área do pênalti e, enquanto eu rabiscava algumas de suas primeiras palavras, ele disse "na verdade vou te falar de uma mulher, você vai ver como ela me matou, como me arruinou, como me reduziu a lixo não reciclável, te juro, Copo Quebrado", me aproximei dele, ele recuou alguns centímetros como para manter uma distância que eu não via para quê, e disse "Copo Quebrado, não devemos brincar com a mulher branca, te digo que se cruzar com uma branca um dia, passe reto, não a olhe, sobretudo não a olhe, ela é capaz de tudo, não sei nem mesmo como me vi de um dia para o outro aqui quando meu verdadeiro lugar é na Europa, é na França, e eis então que passo meu tempo entre este bar e a areia da Costa Selvagem", engoliu um gole de vinho tinto, assoou o nariz com as mãos antes de continuar, "na verdade, se hoje bebo como estou bebendo agora, é por causa dessa feiticeira branca, ela sugou todo o meu sangue, acredite em mim, Copo Quebrado, eu era um homem do bem, não sei se você sabe o que quer dizer um homem do bem na França, mas eu era um homem que ganhava sua vida, um homem que pagava em dia seus impostos sobre o salário, um homem que tinha uma conta poupança no banco, um homem que tinha até mesmo ações na Bolsa de Paris, um homem que queria alcançar a aposentadoria na França porque a aposentadoria de nosso país é uma merda completa, uma debandada, um fracasso, não se tem confiança, é tudo ao acaso como no Bingo, é preciso ter contatos bem posicionados no ministério, tem até uns funcionários deste país que fazem comércio com as aposentadorias das pobres pessoas que trabalharam a vida inteira, mas te digo que eu não era qualquer um na comunidade negra lá na França, eu era conhecido, te digo, eu era trabalhador, um verdadeiro trabalhador, não um preguiçoso como certos imigrantes que esperam no hall de seus prédios que os carteiros venham lhes entregar o cheque da Caixa das prestações familiares, eu não precisava dessas besteiras, eu que estou falando com você agora, eu trabalhava em uma grande gráfica na periferia parisiense, e ainda por cima era eu quem dirigia a equipe, e era eu quem contratava as pessoas porque eu sabia distinguir os preguiçosos dos verdadeiros trabalhadores, e ainda era eu quem não contratava só Negros porque, cá entre nós, Copo Quebrado, não há apenas os Negros na vida, que merda, tem também as outras raças, os Negros não têm o monopólio da miséria, do desemprego, eu contratava também Brancos miseráveis, desempregados, Amarelos e tudo o mais, eu os misturava, é para te contar que eu não era qualquer um e que não são quaisquer Negros que podem contratar assim os Brancos que apesar de tudo os colonizaram, cristianizaram, os foderam nas docas dos navios, os flagelaram, pisaram, Brancos que queimaram seus deuses, Brancos que aniquilaram seus rebeldes, arrasaram seus impérios, eu contratava então os Brancos, os Amarelos e tudo o mais, e os misturava com os outros condenados da Terra, então Negros, como eu, se contam na ponta dos dedos de um rapaz vítima da fatwa, pode verificar, te dirão isso, e então eu tinha um bom trabalho, um trabalho bem remunerado, te juro, nós imprimíamos Paris-Match, VSD, Voici, Le Figaro, Les Échos, eu era um homem do bem, me casei com Céline, uma moça nascida na Vendeia bem dotada de um traseiro como uma verdadeira Negrinha do país, e Céline era secretária da direção em um laboratório farmacêutico em Colombes", nesse estágio de sua confissão, eu me perguntava se O Impressor não estava blefando, mas, em vista da segurança com que falava, só me restava acreditar nele, e continuou "digamos que eu tinha cruzado com Céline no Timis, é uma boate da comunidade negra muito conhecida e que se situa para os lados de Pigalle, no XVIII arrondissement de Paris, não sei que raios ela estava fazendo no meio dessa floresta de Negros no período de acasalamento e sem condições de enumerarmos alguns outros Brancos lá dentro, mas esses outros Brancos arrastavam suas bundas tão achatadas que podíamos passar a camisa em cima delas, ora Céline me cegou com seu traseiro, seu tamanho, suas duas melancias enormes agarradas no peitoral a ponto de fazer os cavalheiros terem medo de abordá-la, e eu, eu cheguei nela assim como um militar recentemente adornado, atravessei o Rubicão murmurando "alea jacta est", e sem sombra de hesitação avancei rezando para que tudo saísse como planejado pois o mais difícil para um cavalheiro em busca de uma dama é ser rejeitado bem no meio da pista de dança diante dos concorrentes que se dobram em quatro de tanto rir, ora, graças a Deus, eu estava bem vestido, usava uma camisa social Christian Dior que tinha comprado na rua Faubourg-Saint-Honoré, um blazer Yves Saint Laurent que tinha comprado na rua Matignon, sapatos Weston de couro que eu tinha comprado lá na praça da Madeleine, e estava bem perfumado com Le Mâle de Jean-Paul Gautier que eu tinha misturado com o Lolita Lempicka para homem, e nem te conto como estava meu corte de cabelo, poderiam pensar que eu era um ator negro americano em seus bons dias, tipo Sidney Poitier, quer dizer que eu estava bem, estava asseado, e então estendi a mão em direção à dama sentada em um pufe de veludo e que terminava um cigarro tão fino e longo quanto um pedaço de vassoura, e a moça se levantou imediatamente como se esperasse por esse instante, meu coração começou a saltar, dar piruetas, eu nem acreditava, e vi a decepção no olhar dos outros concorrentes que tinham perdido de repente a razão para rir, eles não sabiam o que significava o fair-play, eu pensei que era preciso me dedicar muito, dançar como nunca antes, deixar nessa moça uma impressão inesquecível de maneira que fosse ela quem me procurasse para as etapas seguintes, e nós dançamos muito nessa noite, e depois você não vai acreditar em mim, Copo Quebrado, a moça veio para minha casa, sem discussão, sem polêmicas do tipo "você sabe, acabamos de nos conhecer, eu preciso de tempo, precisamos nos conhecer antes, não sou uma dessas moças que abrem as pernas já na primeira noite, queria que conversássemos, que bebêssemos um café, que saíssemos primeiro, e depois veremos", não, ela não disse isso, aceitou vir a minha casa sem me esnobar com seu francês universitário, e eu, eu estava com meu Renault 19 enquanto ela me seguia em seu Toyota, e então, chegando em minha casa, estacionamos os carros diante do prédio, nos beijamos no corredor, no elevador, no hall de entrada, diante de minha porta que eu não conseguia mais abrir porque estava morto de bêbado, e eu não enrolei nada, nos jogamos no carpete, e aí garanti o trabalho como você nem imagina, trabalhei ali com ela em todos os sentidos, sob todos os ângulos, o amanhecer nos surpreendeu entrelaçados, nós estávamos um pouco confusos pois as coisas tinham ido muito rápido, mas o que você quer, era tão bom que a confusão se dissipou por si só, e Céline foi embora dizendo que tinha passado uma bela noite, a noite mais bela de sua vida, que eu era um tipo do bem, pegou meu número de telefone, eu peguei o seu e, como os dias passavam devagar, nós nos telefonávamos regularmente durante horas e horas, contávamos as últimas novidades da noite, falávamos um monte de besteiras, coisas idiotas que saem da boca dos apaixonados quando o amor ainda está no começo, então era preciso que eu dissesse que a amava, era preciso não esconder meus sentimentos, era preciso exprimi-los sem tabus, me dizia ela, e foi aí que aprendi de verdade a dizer pela primeira vez a uma mulher que a amava, e você sabe bem que aqui no país não dizemos essas coisas com medo de sermos vistos como alguém frágil, aqui nós damos uma trepada à noite e nos dispensamos dessa literatura romântica, mas na França é outra história, não se pode brincar com os sentimentos, não se brinca com o amor, e muito rápido eu lhe fiz esse pedido de casamento o qual ela esperava desde o primeiro dia em que nos vimos, ela dizia que seu instinto lhe tinha assoprado que eu era o homem com quem ela iria passar o resto de seus dias, era como se Deus nos tivesse dito para nos unirmos, e Céline convenceu muito rápido seus pais que não são racistas porque eles votavam sempre no Partido comunista nas eleições municipais e regionais, ou no Partido verde nas presidenciais, e então fomos vê-los em um canto da Vendeia chamado Noirmoutier, uma ilha com uma ponte que a liga ao continente, e os pais de Céline disseram que eu era um jovem homem distinto, inteligente, fino, ambicioso, que respeitava os valores republicanos, eu, eu estava contente de escutar a descrição de minhas nobres qualidades, eles admiraram minhas roupas, é normal porque eu estava além de tudo com um terno Francesco Smalto feito sob medida, e disseram também que amavam a África profunda, a África autêntica, a África misteriosa, a selva, a terra roxa, os animais selvagens que brincam nos vastos espaços, acrescentaram que eram os imbecis que acreditavam que a África negra tinha dado errado ou que a África se recusava a se desenvolver, e se desculparam pelos erros da História, sobretudo sobre o tráfico de escravos, a colonização, o choque das independências e todas as idiotices desse tipo com as quais alguns Negros integralistas fizeram seus principais patrimônios, eu não quis entrar nesses debates antigos, os fiz entender que as coisas do passado não eram para mim, que eu era um homem com o olhar fixo no horizonte e que esse horizonte não era inflamado, lhes disse que eu olhava para o futuro, comecei então a lhes falar sobre o Congo, e me perguntaram de qual Congo eu vinha, o pai me perguntou se eu era do Congo belga, a mãe me perguntou se eu era do Congo francês, e eu disse que não havia mais Congo belga hoje em dia, e disse que não havia mais Congo francês hoje em dia, expliquei que eu era nativo da República do Congo, quer dizer do menor desses dois Congos, e o pai exclamou "é claro que ele é do Congo menorzinho, nossa bela e prestigiosa antiga colônia, o general de Gaulle até mesmo decretou Brazzaville como capital da França livre durante a Ocupação, ah o Congo, sim, uma terra de sonho, de liberdade, aliás é nesse país onde se fala melhor a nossa língua, melhor até do que na França, te digo", e a mãe de Céline, um pouco incomodada, reprimiu o marido por ter usado a palavra "colônia" para falar de meu país, ela disse "vejamos Joseph, a palavra colônia não convém mais, você no entanto sabe disso", e o pai disse que essa palavra tinha escapado e que ele queria na verdade dizer território, e a mãe disse que "colônia" e "território" era trocar seis por meia dúzia, e Céline se irritou, lembrou que não estávamos lá para discutir sobre matemática, sobre geografia ou sobre história, e o pai Joseph disse "bom, vale mais a pena uma boa garrafa de Bordeaux, não é", e abriu um Bordeaux, e nós bebemos, Céline e eu aproveitamos essa atmosfera descontraída para anunciar nosso casamento iminente, e o papai, pego de surpresa, acabou engolindo o vinho errado, disse "vocês jovens de hoje em dia, vocês descem o braço, hein, nós no nosso tempo devíamos esperar muito tempo, rodear a família, é um casamento vapt-vupt que vocês querem ou o quê", e a mãe de Céline cutucou discretamente seu marido antes de dizer "quando se ama, se ama, e você sabe disso, Joseph", e apesar de tudo eles deram sua benção porque, de todo modo, Céline não lhes teria dado chance de dizer não, era pegar ou largar, e seus pais vieram a Paris para o acontecimento, éramos menos de cinquenta pessoas em um pequeno salão de festas de Châtenay-Malabry, vieram uns amigos de Céline, vieram meus colegas de trabalho e alguns conhecidos meus, a maioria eram Sapeurs, e quando eu digo "Sapeurs", meu caro Copo Quebrado, não devemos confundi-los com os caras que apagam incêndios, não, os Sapeurs são uns caras da comunidade negra de Paris que fazem parte da SAPE, a Sociedade de Ambientadores e de Pessoas Elegantes[9], e dentre esses Sapeurs tinha lá nesse dia alguns caras influentes como Djo Ballard, O Doutor Limane, Michel Macchabée, Moulé Moulé, Moki, Benos, Préfet e vários outros tipos"

"eu espero que você anote bem o que te conto faz um tempo, hein, então eu dizia que tínhamos casado, tínhamos agora diante de nós a vida, devíamos traçá-la, lhe dar uma direção, e como tínhamos os dois um bom emprego, compramos logo no crédito uma grande casa, uma moradia como se deve, estávamos tranquilos na periferia, a meia hora de Paris, porque queríamos viver felizes, queríamos sobretudo viver longe dos Negros, eu não sou racista, mas saiba apesar de tudo que o pior inimigo dos casais mistos não é sempre o Branco que mora ao lado, é normalmente o Negro, te repito que não sou racista, Copo Quebrado, te digo as coisas como elas são e paciência se recebo julgamentos morais daqueles que não concordam comigo, não ligo para eles, e não é por isso que escreverei uma carta para a França negra a fim de culpar quem quer que seja, na verdade os outros Negros que te veem com uma branca pensam que podem também mexer com ela porque, eles pensam, se uma Branca normal e sã de espírito se envolveu com um gorila do Congo, ela poderia também se envolver com todo o zoológico, quem sabe com toda a reserva, você entende o que quero dizer, hein, bom enfim, eu não tô aqui não para afundar a raça que ainda não acabou de curar suas feridas, essa raça é o que é, tanto é que eu e Céline queríamos viver longe do clamor parisiense e do ciúme dos Negros e sua comédia clássica, nos dizíamos que para sermos

---

[9] A SAPE foi fundada na favela de Bacongo, na República Democrática do Congo, nos anos 1960, quando o país estava sob comando do ditador Mobutu Sese Seko e era ainda conhecido como Zaire. Os sapeurs defendiam o cavalheirismo ocidental, porém a sua maneira: usavam ternos de cores fortes e corte meticuloso, destoando do cenário de pobreza e representando uma ofensa ao governo da época. Podem ser considerados dândis africanos, mas têm uma identidade cultural muito ligada à história do Congo e seu passado colonial. Normalmente os sapeurs vêm de uma classe social baixa, mas são ambiciosos. [N.T.]

felizes era preciso viver escondidos, te digo que era uma bela vida, uma *vie en rose*, com nossas duas filhas, gêmeas, que nasceram dois anos depois do nosso casamento, mestiças de olhos claros, te digo, não tinha vida melhor do que a nossa, um casal modelo enquanto as más línguas negras de Paris declaravam sempre que os casais em preto e branco nunca duravam muito tempo, que nunca se tinha visto marido e mulher terem cabelos brancos juntos, que para que durasse, era preciso que o Negro não fosse mais negro, que ele mudasse, que mudasse de opinião, que fizesse concessões, que renegasse os seus três vezes antes do canto matinal do galo, que fugisse de sua família muito dependente, enfim, que tivesse a pele negra e usasse uma máscara branca, ora, Copo Quebrado, nosso casamento aguentava o tranco, eu não via o que nos poderia perturbar, não tinha necessidade de usar uma máscara branca para esconder minha pele negra, eu era eu mesmo orgulhoso de ser um Negro, ainda o sou e o serei até a minha morte, tenho orgulho de minha cultura negra, você entende o que quero dizer, hein, é por isso que Céline me respeitava, tudo ia bem, eu era um bom pai de família, quer dizer que o céu estava azul com pássaros de penas multicores que vinham pousar nas árvores em volta de nossa casa que eu tinha pintado de verde, uma cor que eu gosto muito, é por isso que os vizinhos a chamavam sempre de 'a casa verde', tudo ia bem então para nós, Copo Quebrado e, quando um céu está tão azul assim, é preciso te dizer que alguma coisa poderia acontecer um dia para escurecê-lo, muito sol mata o amor, era o que eu iria descobrir a meu próprio custo"

"e depois um dia nosso belo céu azul escureceu, os passarinhos com penas multicores partiram sem nos dizer adeus, e não voltaram mais no dia seguinte para anunciar o amanhecer como de costume, e os pássaros do azar os substituíram com suas asas pesadas, eles piaram, bicaram com seus bicos duros o tronco da árvore de nossa união tão bem enraizada, e foi nessa época aí que veio à tona essa história com meu primeiro filho que eu tinha tido com uma caribenha quando cheguei à França e era ainda um estudante no Centre National des Arts et Métiers, o CNAM, essa caribenha me ameaçava agora de me processar porque eu não tinha pago quatro anos de pensão alimentar e tudo o mais, e contra-ataquei com a força de um touro que quer encurtar o espetáculo que os aficionados esperam dele, contratei uma boa advogada que demonstrou que era essa caribenha que me impedia de assegurar minhas obrigações de pai, consegui que meu filho viesse viver conosco porque eu queria também assegurar sua educação eu mesmo, lhe dar um futuro, tinha lugar na nossa casa verde, Céline estava de acordo comigo, me encorajou muito, disse que meu sangue era meu sangue, que eu não devia deixar perambular minha progenitura como um pai inconsciente, eu fui nesse sentido, e meu filho veio morar conosco, mas infelizmente ele começou a se aproximar das jovens desavergonhadas do bairro, fiz de tudo para colocá-lo no bom caminho, impossível, ele levantava a voz, tirava sarro do rico futuro que eu lhe prometia, queria levantar a mão para mim, você percebe, e eu, eu não entendia mais em que mundo estávamos, me perguntava desde quando uma criança podia brigar com seu pai, mas eu sabia bem que ele me desdenhava, eu o sentia porque ele nunca tinha aceitado que eu me separasse de sua mãe, que eu me casasse com Céline, além do mais uma Branca, então me tratava como um vendido, um assimilado, um Negro Banania, como um complexado, escravo da carne branca e dos pés de porco, era um pouco o inferno, mas era meu filho, e além disso o que me irritava de morrer era quando ele vinha me dizer que tinha visto Céline com os Africanos da esquina, que um deles que se chamava Ferdinand era o amante de minha mulher, aí eu não estava nada contente, mas nadinha mesmo, eu tomava isso como uma simples provocação de sua parte porque Céline não podia ousar fazer essas coisas comigo, ela sabia o que eu pensava dos outros Negros mesmo não sendo racista, eu insisto em te confirmar isso e, então, meu filho era só um mentiroso de primeira categoria, eu pensava, e não dava importância a isso, colocava isso na conta das pequenas crises que ele provocava frequentemente, e não procurava verificar o que a meu ver eram apenas mentiras, é verdade que eu não dificultava a vida de Céline, eu a deixava livre para fazer suas coisas porque a Branca, não se pode tocar em sua liberdade de ir e vir, isso é muito importante para ela, eu não insistia mais como nos primeiros tempos de nosso casamento, a deixava ir ver suas amigas, e às vezes era eu quem ficava com as crianças quando estava de folga, nos arranjávamos assim, preste bem atenção, Copo Quebrado, é agora que começa a ficar interessante, e então um dia meu sangue parou de circular quando descobri na privada de nossa casa verde uma camisinha boiando, uma camisinha grande, pelo menos duas vezes o tamanho de meu próprio sexo que é ainda assim enorme, posso te mostrar se quiser, então pensei que era meu filho quem tinha levado uma vagabunda branca ou negra do bairro para casa mesmo depois de eu adverti-lo sobre isso ainda que já tivesse 18 anos, diga-me como a coisa teria se passado se ele tivesse engravidado uma menina, hein, com qual dinheiro ele poderia cuidar dessa pobre criança, hein, são perguntas como estas que me vinham à mente, eu não podia imaginar meu filho cavalgando uma garota, não era possível, nunca o tinha visto rondando uma menina, eu me perguntava até mesmo se ele não estava atrasado no que diz respeito ao sexo, mas não podemos nunca jurar nada, não podemos nunca pensar que uma criança tranquila não é capaz do pior, e depois eu me dizia também que era mesmo me faltar com o respeito vir a concretizar suas safadezas em casa, você vê o problema, Copo Quebrado, e, enquanto eu pensava com a imagem dessa camisinha enorme na cabeça, era como uma imagem de pintura surrealista, outras ideias bizarras começaram a me assombrar, a me impedir de fechar o olho à noite, pensei que outra pessoa pudesse ter vindo à casa, por que não um amante de Céline, por que não esse Africano da esquina, o Ferdinand do qual me falava meu filho, e a raiva estava em mim, e eu via tudo desmoronar aos meus pés, a felicidade me escapar, não compreendia como um diabo podia vir fazer uma puta bagunça no meu jardim paradisíaco, eu era capaz de tudo, e pensei no assassinato com uma faca, com uma chave de fenda, com um machado, com um martelo, e não olhava mais Céline do mesmo jeito, ela parecia suja, estragada, impura, desleal, eu devia matá-la com seu amante, era sem dúvida ela quem tinha provocado o Ferdinand em questão agitando seu traseiro de maneira obscena, devia matá-los ao mesmo tempo em uma emboscada, é fácil capturar uma mulher branca que te trai com um Negro, basta lhe falar mal da África e dos Negros, basta lhe dizer que os Negros morrem de fome, são preguiçosos, fazem guerras étnicas, se explicam com golpes de machete, vivem em cabanas, e a mulher branca se desmascarará sozinha, mas pensei que não era uma boa ideia discutir isso com ela, eu pareceria um racista qualquer que fosse minha justificativa, e além disso eu não tinha nenhuma prova, e deixei passar o incidente, e a vida retomou seu curso, eu tinha raiva de mim por ter sido tão paranoico, não tinha fogo na casa, entretanto não conseguia explicar a presença de uma camisinha na minha casa, e como Deus não dorme nunca com os dois olhos fechados, algumas semanas depois dessa falsa calmaria, descobri outra grande camisinha Manix que flutuava no bidê porque o problema das camisinhas é que acreditamos que as estamos enviando para o fundo da privada ao dar a descarga, e elas ressurgem depois, e então pensei que não ia mais deixar passar dessa vez porque não sou um idiota apesar de tudo, não ia dar sinal verde, não ia ceder a prioridade aos Africanos para que venham trabalhar minha mulher em meu próprio trepadouro, decidi passar à ação direta, pronto para quebrar tudo, e então ia fazer uma investigação como um verdadeiro detetive, não seria uma camisinha Manix que me iria estragar a vida inteira, eu devia investigar, compreender o que se passava em casa quando eu não estava lá, foi o que eu me disse, e um dia, era uma segunda, uma segunda cinza, eu disse a Céline que estava indo ao trabalho, que iria chegar tarde por causa de uma nova revista que devia ser lançada em 24 horas, ela engoliu minha história porque nunca menti para ela, nunca mesmo, sempre fui franco com ela, e saí, peguei o carro, perambulei durante uma hora no centro da cidade bebendo café amargo, fumando como uma chaminé, liguei para meu trabalho, disse como pretexto que tiraria o dia para um assunto familiar muito sério, e bebia café como água, até mesmo peguei meia garrafa de gin porque era preciso estar em um outro mundo no momento em que surpreendesse Céline com Ferdinand com tanta coragem para sujar a água que eu bebo e, nesse pequeno bar, o filme de nosso encontro passava em meus pensamentos, eu revia Céline na noite de nosso encontro no Timis, a revia suando, me beijando, nos revia fazendo amor no elevador, no tapete, a escutava berrando de prazer, e, de repente, de raiva, dei um murro no volante, a buzina disparou, pensei mordendo o lábio inferior "e se ela gritasse também de prazer com Ferdinand enquanto fizessem amor, hein", e pensei ainda "no fundo, sou só um pobre idiota, até então sempre tinha acreditado que só eu podia catapultá-la ao sétimo céu, que só eu podia fazê-la gritar dessa maneira, ora tem um nojento de um primo negro fazendo isso, e talvez esse primo nojento seja mais forte do que eu e a faça chegar ao oitavo, quem sabe ao nono céu, mas é o que veremos hoje à noite", e cheguei em nosso bairro com ideias negras na cabeça, estacionei a algumas quadras de minha casa, rezei alguns segundos, era mais ou menos seis da tarde, andei durante alguns minutos, a casa verde estava doravante a alguns passos, passei pelo pátio do fundo, e então, como eu tinha bebido muito, entrei com dificuldade com passos silenciosos para chegar diante de nosso quarto de dormir, eu estava deselegante, mas pouco importa, eu avançava, vi que a porta estava entreaberta, a empurrei, não tinha ninguém lá dentro, então percorri o corredor principal que atravessa a sala de jantar, alcancei o quarto de meu filho mais velho, meu coração batia muito forte, por um lado queria saber a verdade, por outro tinha medo do que iria descobrir, e escutei um alvoroço vindo de dentro desse quarto, risos, depois rangidos de cama, depois gemidos, golpes de chicote, e então peguei impulso, e a porta cedeu como teria cedido nos filmes de Columbo e Maigret, e aí, Copo Quebrado, você não vai acreditar, vi Céline e meu filho na cama, estavam enlaçados na

Copo Quebrado

posição do pobre Cristo de Bomba, mas era Céline que estava sobre meu filho e ela segurava um chicote, e eles suavam, os lençóis no chão, mas te juro, Copo Quebrado, gritei imediatamente o grito dos pássaros loucos, yaaaaaaaaaaaaaaaaaaaaahhhhhhhhhhh, não sabia mais o que fazer, tremia em pé, via o mundo desmoronar aos meus pés, e depois pulei em meu filho, e depois o derrubei no chão para enforcá-lo, mas ele se desvencilhou, me deu um soco no abdômen, tentei me levantar, Céline que gritava do outro lado do quarto veio ajudá-lo, e depois os dois me empurraram contra a parede, eu estava muito bêbado para aguentar uma batalha violenta contra dois adversários unidos pela cumplicidade da carne e do pecado original, e meu filho começou a me bater com o chicote que eles usaram para suas imundices, e depois levei socos na barriga, no crânio, em todo canto, te digo, Copo Quebrado, e aí eu desmaiei, eles chamaram a polícia, disseram à polícia que eu tinha ficado louco, e minhas duas filhas que brincavam no quintal choravam, Copo Quebrado, te juro que, quando acordei no dia seguinte, não entendi nada, eu estava em um hospício, um asilo, sim um asilo onde o tempo passava lentamente, onde as pessoas vestidas com blusa branca nos rondavam noite e dia, passeavam comigo em uma cadeira de rodas como um australopiteco, e tinham raspado minha cabeça enquanto minhas mãos estavam atadas porque eles temiam que eu quebrasse tudo ao redor, e os outros loucos tiravam sarro da minha cara dizendo "ei pessoal, venham escutar a história do louco, venham ver esse tipo aqui que grita todos os dias e que acredita que seu pequeno trepa com sua mulher, ah, ah, ah, esse é louco mesmo", e tinham me colocado no canto dos loucos perigosos que passam o dia todo gritando, e eu também comecei a gritar porque nesse canto de loucos perigosos devemos gritar se não os outros loucos te espancam, expliquei que eu não era louco, que meu filho mais velho comia minha mulher, que ele frequentava o mesmo país baixo que eu, que surpreendi minha mulher e meu filho nus, nus como minhocas, um sobre o outro, na posição do pobre Cristo de Bomba, disse que tinham até mesmo um chicote e que era minha mulher que segurava o chicote como alguém que praticava filosofia em um gabinete, escutei risos vindo de todos os cantos, e foi nesse momento que uma Negrinha de blusa branca veio me dar um copo de água que derrubei com uma cabeçada que fez girar minha cadeira de rodas até o outro lado da sala principal do estabelecimento, e o médico-chefe chegou correndo, seguido por uma boa meia dúzia de enfermeiros, e escutei o médico-chefe ordenar, do alto de seu doutorado em psiquiatria, "amarrem bem forte suas cordas, eu lhes avisei para nunca saírem de perto dele, devemos dobrar a dose de comprimidos, lhe deem uma injeção para que se acalme de uma vez por todas, merda", e eles me deram a injeção para dormir porque estimavam que eu delirava, que eu repetia sempre a mesma coisa, que inventava essa história de sexo entre minha mulher e meu filho, ora Céline tinha explicado a quem quisesse escutar que eu tinha perdido a cabeça fazia tempo, que eu era um bebum, que eu batia no meu filho mais velho, este tinha aliás dado crédito às mentiras de Céline, e então tinham me dado uma injeção após meus delírios, acho que dormi muito e, quando acordei, não me lembrava mais de nada, achava de verdade que eu tinha enfim chegado ao Céu porque havia nuvens em todo lugar, borboletas de mil cores que voavam baixinho, e então pedi para ver Deus em pessoa e não seus anjos, disse que só falaria na presença de Deus o Pai e que não estava nem aí para os anjos e outros subalternos celestes, e me olharam com olhos arregalados, me disseram para me acalmar, me disseram que eu iria logo ser recebido por Deus o Pai em pessoa, que estava previsto, que eu tinha sim chegado ao paraíso, e vi diante de mim um Negro grande como uma escultura de Ousmane Sow, ele era um pouco velho, vestido com uma blusa branca, e chegou de maneira solene como alguém que iria dizer a missa, e se apresentou como sendo Deus o Todo-Poderoso, eu dei um salto de cabrito, me irritei, disse que era um insulto sério, uma heresia imperdoável, disse que esse tipo não era Deus, disse que Deus não era negro, e eles todos me olharam de novo com olhos arregalados, e fizeram vir um outro homem de blusa branca, ele também era grande, com cabelos grisalhos, uma barba cheia, olhos azuis, a pele muito branca, senti um verdadeiro transe, verdadeiros arrepios como se estivesse possuído pelo Espírito Santo, e comecei a falar como se me dirigisse a Deus em pessoa, e depois de minha confissão minha voz de repente acabou, mais nenhuma palavra saía, eu tinha de verdade ficado louco, te digo, não falava mais, via as pessoas duplicadas, tinha a impressão de que havia sem parar um barulho em volta de mim e que as pessoas falavam muito alto, minha mulher não foi me ver, muito menos meu filho, e eu não reconhecia nem mesmo os colegas de trabalho que me visitavam com flores e o último número de *Paris-Match,* os insultava tanto que no fim de um mês mais ninguém veio me ver nesse asilo, e minha mulher pediu o divórcio com a ajuda de um advogado africano nativo de nosso país, não havia ninguém melhor para defendê-la do que um tipo de meu país, um tipo que nasceu neste bairro, te digo, e tenho certeza que esse advogadozinho de merda fez safadezas na cama com Céline porque, ela, quando vê um Negro na sua frente, ela tem de traçá-lo, te juro que ela sabe como fazer amor com um Negro sem se cansar, e obteve o divórcio, parece que a lei era clara sobre esse assunto, não lhe iriam impor um lelé da cuca qualificado de perigoso, um marido debilitado de espírito, artigo e alínea não sei mais qual do Código civil de 1804, e então a guarda das crianças lhe foi também confiada, e ela conseguiu sobretudo que me repatriassem, enquanto que em casa meus próprios parentes desejavam a mesma coisa desde que tinham sabido de minha aventura ambígua, e eu ainda não falava nada nos meses que precederam meu retorno, na verdade reencontrei a sanidade somente no dia em que o avião pousou, quando vi todos os meus parentes juntos, seus olhares de tristeza, de vergonha também, eles tinham pena, acredite em mim, então comecei a beber para afastar as sombras que corriam atrás de mim, recusei viver com meus pais, recusei essa humilhação, andei noite e dia, é assim que vim parar aqui, as costas curvas como um homem velho, eu ando à beira-mar, converso com as sombras que me perseguem, e à tarde venho aqui, você vê o problema, mas diga-me claramente, Copo Quebrado, será que você também, no teu tribunal interior, você também acha que sou um louco, um debilitado, será que quando eu falo com você é como um louco que fala com a má-fé dos homens, diga-me a verdade, hein, prometa-me que você vai colocar o que eu acabo de te contar no teu caderno, que não vai rasgar tudo o que anotou, te relembro que se você não colocar isso no teu caderno, ele não valerá nada, nadinha de nada, será que você sabe que eu sou o mais importante dos tipos que vêm aqui, hein, sim eu sou o mais importante porque eu fui para a França, e não é qualquer imbecil que pode ir para a França"

     todo dia surpreendo agora O Impressor narrando a alguma outra pessoa o que ele chama de sua aventura ambígua, no entanto ele me tinha feito acreditar que eu era o único a quem ele a tinha contado, penso sinceramente que alguma coisa não funciona bem em sua cabeça, ele tem períodos de lucidez, sobretudo à tarde, acho principalmente que essa história o deixou maluco

gosto muito de conversar com o dono do *O Crédito acabou,* todo mundo sabe que ele não é casado, que não tem filhos, que pensa que tudo isso é um peso, que não é fácil ser um homem casado, muitos problemas, muitos incômodos, é por isso que ele diz com frequência que se casou na vida com *O Crédito acabou,* um casamento que dura anos, é verdade que às vezes o víamos subir com uma mulher, normalmente mulheres com muitas curvas, as mulheres retas não lhe interessam, então o víamos se trancar às vezes lá em cima, voltar ao bar todo ofegante, com o sorriso nos lábios, e sabíamos todos que Escargô cabeçudo tinha acabado de dar uma, e de repente ele exagerava sua generosidade, pagava bebida a quem lhe pedisse, avistei algumas vezes seus velhos pais que vinham de Ngolobondo, sua cidade natal, Escargô cabeçudo se parece, como duas gotas d'água, com seu pai, mas ele nunca nos contou nada sobre eles, sei que estão bem vivos, com certeza ainda mais velhos e mais cansados, preferiram voltar para a cidade logo após a polêmica suscitada pela criação do bar do filho, aqueles que os conheceram pensam que amam seu filho único, que tinham feito de tudo para que ele fosse à escola, para que trabalhasse em um escritório ou se tornasse um funcionário em tempo integral, mas não é dessa maneira que as coisas se passaram, o destino decidiu isso de outra forma, não quero dizer que Escargô cabeçudo tinha sido um ignorante na escola, ele teve como colega nosso atual ministro da Agricultura, Albert Zu Lukia, não, o patrão do *O Crédito acabou* não era um ignorante na escola, longe disso, dizem até mesmo que ele tinha sido brilhante, muito brilhante, gostava das dissertações, da geografia, da aritmética e tudo o mais, ainda é capaz de recitar poemas inteiros de memória, sem hesitar em nenhuma palavra, e isso, isso me mata, eu tentei várias vezes, mas nunca passei de duas estrofes, e nosso patrão gosta muito de *A morte do lobo* de Alfred de Vigny, recita sem parar esse poema, e fico com lágrimas nos olhos quando escuto os últimos versos, é como se essas palavras tivessem sido escritas de antemão para ele por esse Alfred de Vigny, e é preciso escutar Escargô cabeçudo quando ele murmura "*Gemer, chorar, orar, tudo é igualmente vil, Faz energicamente a longa e pesada obra, Pelo caminho onde o destino te chamou, E depois, como eu, sofre e morre sem falar*", ele se orgulha de lembrar que obteve seu *baccalauréat*[10] de primeira, que poderia ter ido mais longe, mas infelizmente, sem prevenir seus pais, ele tinha abandonado os estudos, era moda na época, era preciso procurar vitória fora do país, já era o período das vacas magras nesse tempo, as pessoas bem posicionadas conseguiam empregos para seus pais mesmo quando estes eram incompetentes, e Escargô cabeçudo começou a pesquisar a Angola, o Gabão, o Chade porque sempre quis ser um homem de negócios, não ter de prestar contas a ninguém, foi finalmente a viagem para os Camarões que lhe incitou a abrir seu negócio, com todas as repercussões que elenquei no começo deste caderno, e não voltarei a esse assunto

---

[10] Exame de conclusão dos estudos escolares necessário para ingressar na universidade. [N.T]

porque, mesmo bêbado, tenho horror das repetições inúteis ou de encher linguiça como alguns escritores conhecidos por serem tagarelas de primeira categoria e que te vendem a mesma receita em cada um de seus livros te fazendo acreditar que eles criam um universo, até parece

"e você, Copo Quebrado, tá tudo bem de tua parte?", tinha me perguntando de novo Escargô cabeçudo há alguns dias, "sim, tá indo", eu tinha respondido, e ele disse, sem brincar, "Copo Quebrado, acho que te falta um pouco de carinho, você deveria procurar uma boa namorada, dar uma trepada de tempos em tempos, isso faz bem, mas realmente muito bem", "não sei qual é o interesse disso na minha idade", eu logo repliquei, "te digo que você deveria recomeçar tua vida, a idade não tem nada a ver", "não, quem vai aceitar um mole como eu, espero que você esteja brincando, Escargô", "ah não, não tô brincando nadinha, tô sério, o que você acha da Torneirinha, hein, é uma boa pedida, não é", continuou ele, "meu Deus, muito menos a Torneirinha, é uma pedida muito grande para mim, eu não conseguiria aguentar", tinha dito eu, e tinha começado a rir, e começamos a rir os dois, então me lembrei da última aparição de Torneirinha no *O Crédito acabou*, é uma verdadeira mulher de ferro que o patrão queria me arranjar como namorada, eu achava que ele brincava porque Torneirinha bebe mais do que eu, bebe como o tonel das Danaides que os libaneses vendem no Grande Mercado, Torneirinha bebe, bebe ainda sem nem mesmo se embriagar, e quando ela bebe assim vai mijar atrás do bar em vez de ir ao banheiro como todo mundo, e quando mija atrás do bar leva pelo menos dez minutos urinando sem parar, o xixi escorre e escorre mais, como se tivéssemos aberto uma fonte pública, não é blefe, é inacreditável mas verdadeiro, todos os rapazes que tentaram concorrer com ela em matéria de mijo com duração indeterminada deram adeus às armas, foram vencidos, esmagados, destroçados, ridicularizados, entraram pelo cano, levaram a pior

a última vez que Torneirinha passou por aqui, provocou um tipo que ainda não tínhamos visto no *O Crédito acabou*, começou com um ataque direto de Torneirinha, o tipo de golpe invisível que Mohammed Ali tinha dado em Sonny Liston nos anos 60 para preservar seu título de campeão mundial, "você aí que se mexe como um galo de galinheiro, se mijar por mais tempo do que eu, então te autorizarei a me beijar quando quiser e onde quiser, sem pagar nada, você tem minha palavra", ela disse, e o tipo respondeu " pretensiosa, você não sabe com quem fala, aceito teu desafio, Torneirinha, mas vou mesmo te beijar depois, gosto de bundas e de tetas grandes", e rimos porque o tipo era realmente um pretensioso de primeira categoria, ele não sabia a roubada em que estava entrando, se já tivesse escutado falar dessa mulher não teria ousado pronunciar tais palavras irresponsáveis, e nós estávamos lá, nos divertindo demais, já vendo o cadáver desse indivíduo no chão, digamos que Torneirinha ficou muito ofendida com o discurso desse intruso, ela, a invencível, ela, a rainha do mijo desta cidade, deste bairro, e então respondeu ao tipo "você é louco ou o quê, cara, antes de me chamar de gorda, ganhe primeiro o combate, você diz quase nada sobre quase tudo, não pode me vencer, você aí que tô vendo na minha frente", "sim, posso te vencer, minha gordinha", respondeu o outro, "não, pobre pretensioso, é preciso ser louco para se igualar a mim, pergunte então a todos os caras que nos cercam, te dirão quem sou" replicou Torneirinha, "não sou um pretensioso, querida, em geral faço sempre o que digo", lançou o outro, "você é realmente prepotente, será que é porque fala bem assim que acha que é capaz de o que quer que seja, te digo que você não é capaz não", disse Torneirinha, e eu, que olhava tudo de longe, achava que era uma piada, que os dois se conheciam de outro lugar e representavam para nós uma pequena passagem de *Três pretendentes, um marido*, em todo o caso uma boa comédia, eu pensava realmente que eles se conheciam como os ladrões desta cidade, essas pessoas estranhas, ora não era comédia nenhuma, e o tipo pretensioso jogava o jogo corajosamente, se dizendo invencível, não sabendo o que o esperava na curva do rio, estava vestido como um homem importante, com um casaco preto, uma camisa branca, uma gravata vermelha, sapatos envernizados, e devia nos achar uns mendigos, uns toscos, enfim uns proletários do país inteiro que não entendiam que era preciso se unir, não sabíamos como seus cabelos alisados e puxados para trás brilhavam tanto nesta estação branca e seca em que a luz de agosto mal atravessava as nuvens, mas os sedutores não têm um período de sedução, continuam sedutores mesmo durante uma estação branca e seca, quer dizer que na noite mais escura os cabelos desse tipo brilhariam assim como brilhavam nesse dia, ele devia passar horas e horas diante do espelho, o pente quente era seu objeto fetiche, os cabelos alisados o aproximavam um pouco mais da raça branca neste país em que ter cabelos muito crespos é a pior das maldições, e além disso ele fumava muito, com gestos de pessoas do bem, e quis se apresentar, disse "meu nome é Casimir, para aqueles que não o sabem, nada pode me deter, sou conhecido aqui e acolá, tenho uma vida luxuosa, saibam disso, se parei aqui foi para tomar uma, só isso, não sou um bebum com vocês, eu, eu procuro uma vida luxuosa", e eu pensei "merda então, quem é esse cara que causa desse jeito, será que ele percebe em todo caso em qual Vietnã está se afundando", e nós então sentimos antipatia por esse Casimir que dizia levar uma vida luxuosa, ele que nos tratava como bêbados, e por que não tinha ele ido tomar uma em outro lugar, com os outros caras que levam uma vida luxuosa como ele, hein, por que tinha vindo nos lembrar que nós éramos uns miseráveis, uns rastaqueras, então Torneirinha tinha razão em dizer que esse tipo dizia quase nada sobre quase tudo, e eu também pensei que esse cara merecia uma boa lição, uma boa punição, pensei ainda "de todo modo, que assim seja, os dados estão lançados", ou então o que é que ele estava procurando aqui com seu traje de notário, de agente fúnebre, de maestro de ópera, essa música irritante que as pessoas que levam uma vida luxuosa como Casimir escutam, aplaudem mesmo sem nem sequer entender as palavras, ora o que é uma música se não somos nem mesmo capazes de mexer nosso traseiro, se não podemos nem mesmo dizer aos outros "veja como dançamos", o que é essa música se não podemos transpirar, roçar o monte de Vênus da mulher para levá-la a pensar no ato fatal, eu, quando dançava, quero dizer quando era ainda um homem parecido com os outros, adorava me colocar em um estado no qual tinha a impressão de estar fazendo a descida ao paraíso, de estar revendo os anjos caídos me levando em suas asas, eu era um bom dançarino, sabia fazer flutuar meu par a ponto de ela se jogar em meus braços e me deixar decidir o fim da noite, mas por enquanto não quero falar de mim com medo de parecer um megalomaníaco, alguém que só pensa no próprio umbigo, então Torneirinha e esse tipo foram para trás do *O Crédito acabou* para fazer a guerra do fim do mundo, e atrás do *O Crédito acabou* tem uma espécie de beco sem saída propício a todos os tipos de combate, as pessoas vão lá para resolver seus negócios obscuros, e foi então para lá que nossos dois concorrentes se retiraram, seguidos por nós, testemunhas oculares, éramos simples *voyeurs*, esperávamos com impaciência que Casimir que leva uma vida luxuosa perdesse, que aprendesse enfim a humildade, que soubesse se calar diante das pessoas, enfim éramos todos fãs de Torneirinha, a encorajávamos, a aplaudíamos, então atrás do *O Crédito acabou*, nesse lugar imundo que fedia a mijo de gato selvagem e a bosta de vaca louca, Casimir que leva a vida luxuosa tirou seu casaco de Velho Negro e sua medalha, arrancou sua gravata amassada, dobrou cuidadosamente suas coisas, colocou tudo no chão, em um canto, depois se observou com a ajuda de seus sapatos envernizados, esta última sedução nos irritou ainda mais, quem ele achava que era, esse idiota, hein, por que se observava se seu rosto de figo esmagado ainda ia se dar mal quando Torneirinha o tivesse ridicularizado, mas o tipo se olhava, passava a mão nos cabelos alisados com pente quente e que brilhavam mesmo com a luz fraca de agosto, nunca tínhamos visto um tipo tão prepotente quanto ele, e então Torneirinha primeiro tirou sua camisa de pano, é preciso dizer honestamente que esse espetáculo estava longe de ser como o de uma Margot que desabotoa seu corpete, ela em seguida levantou os panos até o começo dos rins, e vimos seu traseiro de mamífero perissodáctilo, sua coxas grossas e arredondadas de personagem feminino de pintura *naïve* haitiana, vimos suas panturrilhas de garrafa de cerveja Primus, ela não usava ceroulas, a desgraçada, talvez pelo fato de não existirem ceroulas que possam domesticar sua bunda montanhosa, e então soltou um longo arroto que nos desagradou a todos, e disse bem alto "para o prazer de Deus, a verdade vai ser revelada com o brilho do amanhecer, ele tem culhões ou não, é o que vamos verificar, meus amigos", e então vimos seu sexo quando ela afastou as torres gêmeas que lhe servem de nádegas, todo mundo aplaudiu, e curiosamente eu fiquei superexcitado assim como as outras testemunhas, é preciso ser honesto e não esconder a verdade, sim fiquei excitado porque uma bunda de mulher é sempre uma bunda de mulher, seja ela pequena, gorda, reta, arredondada, com estrias, com pigmentos que te causam nevralgias, com manchas de vinho de palma, com manchas de varíola, uma bunda de mulher é uma bunda de mulher, primeiro ficamos duros e em seguida decidimos se a queremos ou se não a queremos, e então também vimos Casimir que leva uma vida luxuosa retirar suas calças, revelar suas pernas magricelas e seus joelhos que parecem um emaranhado de nós de górdio, estava com uma cueca velha vermelho-tomate que abaixou até as canelas, e descobrimos seu sexo, uma partícula elementar que nos fez morrer de rir a ponto de nos perguntarmos por onde passaria sua pobre urina, e ele ainda assim exibiu esse negócio insignificante diante de nós com bolas peludas que balançavam como frutas de uma árvore-do-pão desprovida de folhas por uma estação branca e seca, e então começou a amassar sua partícula elementar, a tratá-la como seu pau de sebo, a falar com ela em voz baixa como uma encantador de cobras rodeado de turistas em um mercado, e se concentrou em dar à sua coisa lá uma forma católica, não era assim tão fácil com todas essas testemunhas que não paravam de rir e que estavam torcendo pela causa de Torneirinha, não era assim tão fácil com essas testemunhas que o desnorteavam de todos os jeitos por causa de seu membro ridículo, mas ele se concentrava, fingia que não existíamos, estava consciente de que estava sozinho em seu time e de que todos nós outros éramos adeptos de Torneirinha, isso não o abalava, longe disso, o tipo passava realmente uma segurança, ignorava sua adversária, procedia com os preparativos com a serenidade de um profissional desse tipo de desafio, e sacudia sua partícula elementar, a puxava, a girava para convocar a urina, e então começou, sim realmente começou, o desafio tinha começado, Torneirinha afastou suas pernas de paquiderme, todo o seu "país baixo" estava agora a zero metro de nós, vimos de repente seu clitóris ficar saliente, e nos aproximamos bem no momento em que ela soltava um longo guincho de hiena que dá a luz, quase fomos atingidos por seu líquido amarelado e quente que jorrava como um saquinho de água que se acaba de abrir, recuamos bem a tempo enquanto, do outro lado, Casimir que leva uma vida luxuosa liberava o que tinha na bexiga, mas a urina de Torneirinha era muito mais pesada, quente, imperial em seu jato, e sobretudo caía mais longe enquanto a de seu pretensioso concorrente saía em pequenos jatos de bebê canguru, de sapo que quer ficar tão gordo quanto um boi, de corvo que quer imitar a águia, as gotas tergiversavam, titubeavam, ziguezagueavam, traçavam no chão uns hieróglifos que irritavam um tipo chamado

Champollion que, parece, amava triturar seus miolos por causa desses desenhos de escola maternal do tempo dos faraós e outras múmias, e a urina desordenada desse tipo fracassava a apenas alguns centímetros de seus pés, isso divertia Torneirinha que não pôde resistir a lhe falar "mija, mija então, inútil, é assim que você vai trepar comigo, hein, mija, inútil", e os dois adversários mijavam, cada um com seu método, dois minutos urinando é bastante, mas os dois adversários estavam determinados e, apesar de seus jatos de urina ortodoxos, Casimir que leva uma vida luxuosa continuava firme e forte enquanto eu, em seu lugar, já teria terminado de urinar e de guardar minha partícula elementar em sua casa, mas esse tipo obstinado hasteava a bandeira havia mais de cinco minutos e, de olhos fechados, cabeça erguida em direção ao céu como um rapaz que assobiava alegremente um réquiem para uma freira, ele era imperturbável, as orelhas tapadas para intimidações, para as múltiplas provocações de Torneirinha que acelerava o fluxo de sua urina aos poucos, e, em um ímpeto de provocação, ela lhe disse "desista, inútil, desista, você vai perder, não sabe nem mesmo mijar, desista, eu, eu ainda tenho litros em meu reservatório, te previno, preste atenção, pare de mijar se não quiser ser ridículo diante dessas pessoas, pare agora, diga adeus e obrigado", Torneirinha gritava assim, e o tipo respondeu "cale a boca e mije, galinha gorda, os verdadeiros mestres não falam, por que vou dizer adeus e obrigado, nunca, nunca na vida, é você que vai perder Torneirinha, e eu vou te comer", e ele apertou suas duas bolas peludas, o fluxo de sua urina aumentou muito, e nós arregalamos os olhos porque esse tipo pretensioso mijava agora com mais convicção, e constatamos que sua partícula elementar tinha dobrado de tamanho, talvez até triplicado de dimensão a ponto de nos fazer esfregar os olhos em sinal de incredulidade, e suas bolas de repente inchadas balançavam como duas velhas cabaças cheias de vinho de palma, e ele mijava com jubilação, e cantarolava enquanto isso um cântico dos canalhas do bairro Trezentos, depois um concerto barroco, depois uma melodia de Zao a fim de chamar a atenção, durante esse tempo

Torneirinha se dedicava ao trabalho, peidava repetidamente a ponto de nos fazer ter de tapar o nariz e as orelhas porque o cheiro era muito forte e ressoava como fogos de artifício que escutamos durante a Festa do bode, seus peidos cheiravam a naftalina traficada à Nigéria, e faziam em alguns momentos barulhos de trompete de segunda mão de New Orleans, e enquanto estávamos concentrados em observar o traseiro de elefante de Torneirinha, uma testemunha nos informou que, do outro lado, Casimir que leva uma vida luxuosa operava um movimento decisivo, um milagre que merecia a beatificação do papa, nós todos corremos para ver isso de perto, não se pode nunca perder um milagre ainda que ele não seja de Lourdes, é preciso testemunhar aquilo que será contado alguns séculos mais tarde, é melhor ser testemunha do que escutar uns papagaios te recitarem uma história de amor nos tempos do cólera, então nós nos apressamos em direção a Casimir que leva uma vida luxuosa para ver seu milagre histórico, e ficamos de queixo caído, não era possível o que acontecia sob nossos olhos, era preciso estar lá para acreditar nisso, e observamos que, em seus ziguezagues de urina, Casimir que leva uma vida luxuosa tinha desenhado com talento o mapa da França, sua urina ortodoxa caía bem no coração da cidade de Paris, "vocês ainda não viram nada, eu também posso desenhar o mapa da China e mijar em uma rua precisa da cidade de Pequim", e Torneirinha não entendia mais nada, se virou, deu uma olhada antes de nos dizer "voltem para mim, lhes digo, voltem para o meu lado, o que é que estão olhando então aí, vocês são todos viados ou o quê", mas nós estávamos antes cativados pelo misterioso concorrente pretensioso que aplaudíamos doravante e que tínhamos apelidado de Casimir, o Geógrafo, esse tipo tomava gosto pelo desafio, "eu, eu faço maratona e não Sprint, vou ultrapassá-la, esgotá-la, confiem em mim" disse ele enquanto assobiava seu cântico dos canalhas do bairro Trezentos, depois um concerto barroco e a melodia de Zao, e aplaudíamos cada vez mais enquanto o mapa da França aumentava suas regiões, tinha um outro desenho pequeno ao lado desta obra magnífica, "ei, o que é esse negócio que ele desenhou ao lado do mapa da França, o que é isso, hein" perguntou uma testemunha desnorteada com a arte de Casimir que leva uma vida luxuosa, "é a Córsega, imbecil" respondeu o artista sem parar de mijar, e aplaudimos a Córsega, e alguns acabavam de descobrir pela primeira vez esse nome *Córsega*, as pessoas cochichavam, polemizavam, e então um rapaz mais desnorteado ainda perguntou quem era o presidente da Córsega, que tipo de Estado era, qual era a capital desse país, seu presidente era negro ou branco, e o mandamos pastar gritando em coro "idiota, imbecil", e então já fazia mais de dez minutos que os dois rivalizavam jatos de urina, isso me dava também vontade de mijar um pouco porque, normalmente quando alguém mija, dá vontade de também fazer a mesma coisa, é por isso que no hospital o médico pede que deixe a torneira aberta para provocar a vontade de fazer xixi, então o combate desses dois continuava, mas no meio-tempo uma das testemunhas que não tirava os olhos da bunda de Torneirinha começou a tirar sua coisa das calças, a tocá-la com nervosismo, e o escutamos em seguida jorrar seu gozo atrás de nós como um porco cuja cabeça acaba de ser cortada durante a Festa do bode, e os concorrentes, muito concentrados, muito aplicados e muito imperturbáveis ainda mijavam, "se é assim, então vou parar, te digo que vou parar, não posso trabalhar em tais condições, quem você acha que sou, hein, acha que perturbo as pessoas enquanto elas trabalham, hein, te digo que vou parar, o espetáculo terminou", todo mundo se virou, era Torneirinha que tinha falado assim, ela tinha de fato parado de mijar e fingia que nós a desconcentrávamos com nosso comportamento de garotos da escola maternal, mas teve a elegância e o *fair-play* de ir até Casimir que leva uma vida luxuosa para tocar na sua coisa com um gesto afetuoso, e em seguida disse "tudo bem, cara, você ganhou hoje, é um verdadeiro mijão, agora vamos ver se ejacula por tanto tempo quanto mija, me diga quando e onde, serei tua", e aplaudimos porque era a primeira vez que a víamos ceder desse jeito e solicitar indiretamente um cessar fogo, então Torneirinha e Casimir que leva uma vida luxuosa combinaram o encontro em um quarto de motel, perto da Praça das Festas do bairro Trezentos, nós desaprovamos esse encontro sem testemunhas pois queríamos que fizessem isso diante de nós, e voltamos para o bar um pouco decepcionados enquanto Torneirinha e o invencível Casimir que leva uma vida luxuosa se engoliam em um táxi em direção ao quarto de motel, e ninguém sabe o que aconteceu entre esses dois, não vimos mais Casimir que leva uma vida luxuosa depois desse desafio, Torneirinha vem aqui de tempos em tempos, mas disse que não saberíamos mais nada sobre essa história, a meu ver ela deve ter sido um fiasco na cama com Casimir e não esteve à altura, caso contrário nos teria cansado e nos contado em detalhes como ela tinha vencido o pretensioso Casimir que leva uma vida luxuosa

      na verdade, a ideia de avançar em Torneirinha ainda assim não me desagradava, faz tempo que não trepo e, à falta de tordos, poderia caçar melros, não sei nem se iria até o fim com ela, mulheres como Torneirinha, elas devem incubar orgasmos sísmicos, é preciso galopar por muito tempo, trabalhar duro antes de fazê-las uivar, e se eu disse não à proposta indecente de Escargô cabeçudo, era a contragosto, e também porque me incomodava invadir o terreno do patrão, me incomodava estar em cima dessa mulher e imaginar que o próprio Escargô cabeçudo se remexia em cima como um coelho epilético, e aliás quem é que sabe se o patrão não estaria um pouco enciumado, não gostaria que os mal-entendidos atrapalhassem minha relação com Escargô cabeçudo, não quero me atritar com aquele que é tipo meu irmão, mas além disso será que Torneirinha aceitaria me deixar cavalgá-la, um debilitado como eu, hein, e depois um grande problema técnico, acho que não sou muito bem dotado, é preciso ser realista, e em vista das nádegas com sobrepeso de Torneirinha, tenho certeza de que passaria o dia procurando o ponto G de seu "país baixo", chegaria com esforço no ponto B, e ainda faltariam os pontos C, D, E e F, então ela nunca ficaria satisfeita como se deve, parei de pensar nisso, digamos que a este ponto de meu caderno preciso mais de um bom descanso, não quero escrever nem mais uma palavra durante um certo tempo, quero beber, não fazer nada além de beber, engolir grandes goles que serão meus últimos e, se faço bem o cálculo mental, vejo que já faz agora semanas que escrevo a perder de vista, e há pessoas que tiram sarro do que acham ser minha nova ocupação, há até alguns que fizeram correr a fofoca de que eu estudava para uma prova para integrar novamente o ensino, dizem que é por isso que quero parar de beber e não vir mais aqui, mas é brincadeira, não vou voltar a ser professor muito menos aos 64 anos, vejamos, em todo o caso preciso descansar, não escrever nem mais uma linha, não reler nada, continuarei então mais tarde, não sei quando, mas continuarei, não aguento colocar toda a minha energia nisso quando tiver terminado a segunda parte, irei embora, irei para muito longe, não sei para onde, mas irei embora, não estou nem aí para o que pensará Escargô cabeçudo, mas estarei longe, longe do *O Crédito acabou*

últimos cadernos

hoje é um novo dia, um dia cinza, tento não ficar triste, e minha pobre mãe, cujo espírito ainda paira sobre as águas cinzentas do Tchinuka, dizia sempre que não é bom se deixar levar pelo tédio, existe talvez em algum lugar uma vida que me espera, e eu, eu também gostaria que alguém me esperasse em algum lugar, estou sentado no meu canto desde as 5 da manhã, observo com um pouco mais de distanciamento os fatos, é só assim que conseguirei relatá-los melhor, e eis então que já faz mais de quatro ou cinco dias que terminei a primeira parte deste caderno, sorrio depois da leitura de algumas páginas, elas já datam de um bom tempo, me pergunto no fundo se posso ficar orgulhoso disso, releio algumas linhas, mas sinto antes uma grande frustração, nada me emociona, na verdade tudo me irrita, ora não posso culpar ninguém, me sinto um pouco fraco, estou com a língua pastosa como se na véspera eu tivesse comido um prato de porco com bananas verdes, entretanto não comi nada desde ontem e me deixei levar por uma onda de pensamentos obscuros, me pergunto até mesmo se não estou escrevendo meu testamento, ora não posso falar de testamento porque não terei nada a legar no dia em que baterei as botas, tudo isso é só um sonho, mas o sonho nos permite agarrar a essa vida bandida, eu, eu ainda sonho com a vida mesmo que a viva doravante em sonho, nunca estive tão lúcido em minha existência

os dias passam rápido quando se teria podido acreditar no contrário quando se está aqui, sentado, esperando não sei o quê, bebendo e bebendo ainda até virar prisioneiro de vertigens, vendo a Terra girar em volta de si e do Sol ainda que eu nunca tenha acreditado nessas teorias de merda que repetia a meus alunos quando era ainda um homem igual aos outros, é preciso ser realmente iluminado para dizer barbaridades desse tipo porque eu, para dizer a verdade, quando bebo meu goró, quando estou sentado tranquilo na entrada do *O Crédito acabou*, não acredito que a Terra que estou vendo possa ser redonda, que possa se divertir rodando em volta de si e em volta do Sol como se não tivesse mais nada para fazer além de causar em si vertigens de avião de papel, que me demonstrem então em qual momento ela gira em volta de si, em qual momento ela chega a girar em volta do Sol, precisamos ser realistas, vejamos, não nos deixemos enrolar por esses pensadores que deviam se barbear com a ajuda de uma rocha silex vulgar ou de uma pedra estranhamente talhada enquanto os mais modernos entre eles utilizavam uma pedra polida, na verdade, *grosso modo*, se eu fosse analisar tudo isso de perto, eu diria que distinguíamos antigamente duas grandes categorias de pensadores, de um lado havia aqueles que peidavam em banheiras para gritar repetidamente "encontrei, encontrei", mas o que é que a gente tem a ver com o que eles encontraram, deviam guardar suas descobertas para si, eu, eu já mergulhei algumas vezes no rio Tchinuka que levou minha pobre mãe, não achei nada de espetacular nessas águas cinzentas onde todo corpo que afundamos não resiste nem mesmo à famosa impulsão vertical de baixo para cima, é aliás por isso que toda a merda de nosso bairro Trezentos está escondida no fundo dessas águas, que me digam então como essa merda consegue escapar do princípio de impulsão de Arquimedes, e depois tinha a segunda grande categoria de iluminados que não passavam de uns ociosos, verdadeiros preguiçosos, estavam sempre sentados sob uma macieira da esquina e esperavam receber maçãs na cabeça por causa de uma história de atração ou de gravidade, eu, eu sou contra essas ideias preconcebidas, e digo que a Terra é plana como a avenida da Independência que passa diante do *O Crédito acabou*, nada a acrescentar sobre isso, proclamo que a Terra é infelizmente imóvel, que é o Sol que se excita em volta de nós porque eu mesmo o vejo desfilar em cima do telhado de meu bar preferido, que não me venham com conversas para boi dormir, e o primeiro que vier de novo me explicar que a Terra é redonda, que ela gira em volta de si e em volta do Sol, este aí será decapitado imediatamente ainda que proclame "e entretanto ela gira"

vejamos então, não sei por exemplo por que ainda não contei a historinha de Mouyeké, um rapaz que frequentava este bar e que não vem mais aqui por motivos que poderíamos facilmente compreender, eu não podia não falar desse tipo, não podia afastá-lo deste caderno ainda que ele seja uma espécie de relâmpago que atravessou o bar *O Crédito acabou*, ora eu gosto muito dos personagens desse tipo, mal os vemos passando, são como figurantes, silhuetas, sombras de passagem, um pouco como esse tipo que chamávamos de Hitchcock e que aparecia furtivamente em seus próprios filmes sem que nem mesmo o espectador mediano percebesse, a menos que seu vizinho conhecedor lhe soprasse à orelha "caramba, olhe bem no canto da tela, bem à esquerda, isso, esse cara um pouco gorducho, esse cara com um queixo duplo que atravessa a cena atrás de outras personagens, é Hitchcock em pessoa", mas digamos que esse Mouyeké não é da mesma categoria e envergadura que o genial Hitchcock, não podemos exagerar nas comparações, Hitchcock era uma personagem de grandeza natural, era um tipo talentoso, um cara capaz de te fazer estremecer apenas com pássaros ou uma janela com vista para o pátio, era capaz de te fazer afundar em uma psicose apenas com uma coisinha de nada e bem a seu estilo, ora a história de Mouyeké me faz antes rir do que estremecer, e aí não tenho dó dele porque não suporto os trapaceiros sem inteligência, as pessoas sem caráter, então esse Mouyeké é um tipo que se diz descendente dos grandes feiticeiros capaz de acabar com a chuva, de arrumar o calor do sol, de antecipar a estação das colheitas, de ler os pensamentos na cabeça dos outros, de acordar as almas mortas como o Cristo que tinha dito solenemente a um infeliz cadáver já frio "Lázaro, acorde e ande", e, ao sujeito dessa ressureição, é preciso dizer também que esse infeliz cadáver de Lázaro tinha realmente um medo grande do Cristo e sobretudo de Deus que está escondido desde que o mundo é mundo entre dois cúmulos-nimbus para nos ver acumulando pecados enquanto Ele poderia realmente nos ajudar a evitá-los graças a uma pequena operação do Espírito Santo, mas nosso Deus se escondeu lá em cima a fim de se beneficiar de uma vista panorâmica sobre as coisas mais baixas deste mundo e anotá-las escrupulosamente em seu caderno para o Julgamento final e, quando Jesus falou em nome de Seu Pai escondido lá em cima, o pobre cadáver de Lázaro acordou sobressaltado, e, imediatamente, o macabeu tremia de medo diante dos caminhos do Senhor que são normalmente impenetráveis, mas que ele tinha tentado penetrar durante sua breve estada no reino dos mortos, e caminhou como uma marionete, é um pouco o que Mouyeké dizia aqui e acolá, professava que os milagres do Cristo não eram nada em relação ao que ele mesmo podia realizar em um piscar de olhos, então podia transformar o xixi de gato em vinho tinto da Sovinco, faria isso, podia devolver as pernas aos rapazes amputados, faria isso, além do mais acrescentava que as coisas do Cristo que nos espantam não são nem mesmo verificáveis, que tinham enchido nossa cabeça de minhocas durante séculos, que nos tinham impressionado como os bebês do maternal, parece que os milagres do Cristo são discutidos ainda hoje em dia e que isso nunca foi unânime mesmo entre os crentes, e, sempre segundo Mouyeké, deveríamos duvidar desses milagres enquanto os seus milagres eram verificáveis sem remontar a essa época bíblica onde os rapazes só tinham pedras rudimentares para receber os dez mandamentos que Deus tinha com dificuldade murmurado a eles tomando o cuidado de se esconder bem entre duas camadas de cúmulos-nimbus como de costume, e aliás sobre essa dezena de mandamentos de Deus, nenhum é respeitado hoje em dia, as pessoas acham mais excitante quebrar essas regras do que passar suas vidas observando-as em um mundo em que vemos rabos por todo canto e ao alcance de todos os bolsos, em um mundo em que a fidelidade não quer dizer mais nada, em um mundo em que mesmo os monges e os cenobitas invejam a luxúria dos infiéis, em um mundo em que só o desejo e o ciúme contam, em um mundo em que matamos as pessoas utilizando a cadeira elétrica quando está bem escrito no Livro santo "Não matarás", e é assim que se exprime esse Mouyeké, está sempre criticando a Bíblia de Jerusalém em termos virulentos, não dá presente de Natal a Deus e a Seus tenentes-coronéis, e Mouyeké disse um dia "meus queridos amigos, meus irmãos negros, como pode na Bíblia todos os anjos serem Brancos ou algo do tipo; poderia ter sido colocado pelo menos um ou dois anjos negros, para agradar todos esses Negros da Terra que se recusam a mudar sua condição dizendo que desde o começo as cartas estavam dadas, dizendo que sua pele foi mal calculada pelo Todo-Poderoso, ora não há anjos negros no Livro santo e, quando algum negro aparece nesse livro, é sempre entre dois versículos satânicos, quase sempre são diabos, personagens obscuros, e também não há negros entre os apóstolos de Jesus, e ainda assim surpreendente, não nos vão fazer acreditar que enquanto aconteciam os episódios da Bíblia não havia atores negros para fazer um papel de destaque, não, hein, então eu entendo e perdoo os pobres Brancos, não erraram em atribuir aos Negros papéis como engraxador de sapatos na vida cotidiana aqui debaixo, já que lá em cima tudo nos faz pensar que o Negro nem sequer existiu", e é assim que Mouyeké falava conosco aqui, eu até mesmo pensei que, para um feiticeiro, ele estava muito por dentro de algumas coisas que, a meu ver, faziam parte da modernidade e das discussões de intelectuais de gravata e óculos redondos, mas não é por causa de suas ideias que ele ficou um longo período na prisão, foi por causa de suas múltiplas trapaças, digamos que depois de sua estada na prisão ele veio despejar sua amargura diante das garrafas de vinho do *Crédito acabou*, é um tipo patético, o físico ingrato, a musculatura proeminente, o olho vermelho, e ao vê-lo assim tão imundo pensamos que em casa de ferreiro o espeto é realmente de pau porque, enquanto feiticeiro, ele poderia ter exigido de seus amuletos um terno sob medida ainda que não fosse um terno Yves Saint Laurent como o do Impressor, poderia ter exigido de seus amuletos sapatos envernizados como os de Casimir que leva uma vida luxuosa, mas na realidade Mouyeké enganava as pessoas honestas, os ingênuos que lhe davam quantias enormes de dinheiro, e então, no dia de seu processo, o velho juiz do tribunal penal que dirigia a audiência quis encurralá-lo ao lhe perguntar "bom, não vamos ficar andando em círculos em um caso que me parece claro como a água límpida, diga-nos quanto dinheiro as vítimas depositaram para você, Mouyeké", e o prevenido respondeu "eu não sou um feiticeiro de meia-tigela, me davam muito dinheiro, mas realmente muito dinheiro, Senhor juiz, então eu merecia essa recompensa, não é qualquer feiticeiro que consegue ser pago do jeito que eu era", e o juiz replicou "quer dizer o que *muito dinheiro*, seja mais preciso nos números, aqui não é lugar para brincar com a cara das pessoas, será que você sabe que posso te prender imediatamente se ficar jogando esse joguinho comigo, será que você sabe disso, hein", "sim, Senhor juiz, sei disso", "então responda sem enrolação a minha questão, quanto dinheiro essas pessoas honestas te davam", e o prevenido murmurou "mais de 1.000.000 francos CFA por consulta, Senhor juiz", o magistrado ficou sem voz como se contasse mentalmente o que representava essa grande quantia e, incrédulo, prosseguiu com um tom de ameaça de tempestade "mas você, o que é que você devia fazer concretamente para eles, porque 1.000.000 francos CFA não é assim todo mundo que tem", "Senhor juiz, eu, eu devia ajudá-los, devia fabricar amuletos para que o comércio deles andasse bem, eu deixava suas vidas melhores, há quantos caras neste país que deixam a vida das pessoas melhor, hein, eu sou o único, infelizmente", e o juiz quase riu, disse "então você ajudava os outros, e você acha que sou quem, e por que não faz amuletos para você mesmo para se tornar rico, hein, olhe como você está, parece alguém que vive nos lixões do bairro Trezentos com os cachorros", e Mouyeké disse, sem perder o ar sério que só sabem fazer os trapaceiros, "Senhor juiz, os amuletos são para ajudar os outros, é o que meus ancestrais faziam, e é o que eles me deixaram de herança", "sim, mas caridade bem feita começa por si mesmo, eu, se fosse você, eu começaria deixando minha própria vida melhor, ora não podemos dizer que a sua seja um sucesso", e Mouyeké, pensativo, respondeu "será que o senhor já viu um médico fazer uma operação em si mesmo, Senhor juiz, então os feiticeiros também é a mesma coisa, não podem fazer amuletos para eles mesmos, não funcionaria bem", "e então, os faça para os membros de sua família, assim você aproveitará pelo menos suas riquezas", a sala começou a rir, e o juiz continuou "então você pretende deixar qualquer um rico, não é mesmo, senhor Mouyeké", "sim, é isso mesmo, Senhor juiz, e, se o senhor vier a minha casa para uma consulta, posso também deixá-lo muito muito rico, e o senhor será o chefe de todos os juízes deste país em menos de cinco minutos e trinta segundos, lhe juro, não precisará mais ler dossiês, verá a verdade com o brilho do amanhecer, e condenará as pessoas com mais justiça em vez de condenar inocentes como eu", "a cada um seu trabalho, senhor, não preciso de seus serviços para ser um juiz justo e imparcial, e aliás vou demonstrá-lo agora porque eu, eu envio os trapaceiros de sua espécie ao buraco para discutir sobre filosofia da Antiguidade com os ratos, não peço nem mesmo para deliberar sobre seu caso, me ocupo dele pessoalmente porque a lei, sou eu", a sala riu tanto que o juiz teve de evacuá-la, e o velho homem de bata secou o suor do rosto antes de ler com uma voz monótona sua decisão rápida, e Mouyeké foi condenado a seis meses de prisão em regime fechado, 4.000.000 francos CFA de multa, cinco anos de privação de direitos civis, a sala aplaudiu, o juiz se levantou, disse aos policiais "enviem este trapaceiro a seus amigos ratos que o esperam", e então, depois de sua estada de seis meses na prisão, começamos a vê-lo vir aqui, ele não falava muito, não conversava com ninguém, mas nós sabíamos todos que era ele o famoso feiticeiro-trapaceiro que queria deixar seu juiz rico em cinco minutos e trinta segundos, digamos que, se eu insisti em falar de Mouyeké, é também porque eu mesmo tive de me confrontar com um feiticeiro ao longo de minha vida, esse bruxo se chama Zero Erros, mas bom, não acho que seja o momento de relatar isso, voltarei ao assunto quando for preciso, ainda tenho coisas a escrever e tenho medo de que elas não me voltem ao espírito de manhã

Alain Mabanckou

há alguns dias, quando saí do *O Crédito acabou* com a intenção de respirar um pouco, de não escrever, de não reler este caderno por um bom tempo, fui vagar para os lados do bairro Rex, à sombra das raparigas em flor como gostava o tipo de Pampers quando ainda não era um doido que faz cocô na fralda, então eu queria agradar a mim mesmo ao menos uma vez desde os anos bissextos, sem dúvida eu pensava que me alegrar com essas raparigas me descongelaria um pouquinho, e não houve nenhuma jovem rapariga em flor que me quisesse, não houve nenhuma jovem rapariga em flor que quisesse que eu trepasse bem rápido, uma trepadinha de nada, elas todas me disseram "você é muito velho, não pode mais ficar duro não, vai me fazer perder meu tempo, vai procurar em outro lugar, vai ver filmes pornô, vai para um lar de idosos, você é um barco bêbado, você fede, fala sozinho na rua, não faz a barba, não toma banho, não consegue se aguentar em pé", e eu, eu respondi "estou me lixando", no entanto com 64 anos eu posso pelo menos ficar duro como um cavalo antes glorioso mas agora retirado das corridas do PMU[11] por causa da velhice, é assustador ver como as pessoas ignoram que não devemos nunca subestimar os velhos dinossauros, que não devemos nunca reenviá-los ao Jurassic Park, que não devemos nunca golpear pelas costas um leão idoso, não sei quem disse isso, mas as raparigas me fizeram entender que eu estava ultrapassado, que meu tempo tinha terminado enquanto confirmo que o tempo não importa, e me senti diminuído, me senti como um destroço à deriva no mar, e entretanto tinha em meus bolsos dinheiro fresco que tinham me dado na rua, e entretanto podia pagar o coito na hora, finalmente me pergunto se essas raparigas procuram dinheiro ou na verdade um par amoroso, elas deveriam saber, caso contrário não sobreviveremos mais neste mundo podre, e eis que a prostituição não é mais o que era, agora as raparigas se permitem selecionar seus clientes, logo exigirão o pagamento em libras esterlinas ou em francos suíços, ora antigamente, para se divertir, podíamos passar uma boa noitada em troca de uma lata de sardinhas em conserva fabricada no Marrocos, eis que essa época do Estado-Providência acabou, e agora a aparência é quem manda, o hábito faz agora o monge, e então para visitar as putas é preciso hoje em dia se borrifar de perfume Lazzaro, usar um terno Francesco Smalto com uma camisa social Figaret, é realmente o fim de uma Era, e como foi assim no dia de minha peregrinação pelo bairro Rex, e já que tinha sido expulso como um vendedor de tapete, engoli de um só gole seco meu orgulho e disse adeus às armas dizendo a mim mesmo "estou me lixando", e continuei perambulando pelo bairro e, como tinha tido um apagão de luz na cidade inteira, não via então nada diante de mim, não havia nem mesmo carros passando por mim, e então, por um golpe de sorte, ainda em uma dessas ruelas empoeiradas de nosso bairro, na altura da rua Papa-Bonheur, percebi a luz vacilante de uma lanterna, me faziam sinal do outro lado da rua e, quando me aproximei, constatei que era uma prostituta no umbral da aposentadoria, talvez até mesmo com um pé no caixão e

---

[11] PMU: Pari Mutuel Urbain. É uma empresa francesa de apostas em corridas de cavalo. [N.T.]

companhia, então até mesmo hesitei porque me perguntava se não valia mais ter um pássaro na mão do que dois voando, mas ainda assim parei, um pouco interessado, e disse sem enrolar "quanto é o coito", essa velha ossuda com o rosto metralhado por rugas me mediu de cima abaixo com piedade e me respondeu "você sai de onde para não saber quanto vale o coito neste bairro, hein, o coito aqui é o mesmo de sempre, ainda não mudou nada porque os tempos estão difíceis para todo mundo", e eu, eu fiquei constrangido porque não conhecia realmente as taxas de câmbio do coito, então gaguejei e proferi "na verdade, devo te confessar, não tenho o costume de vir aqui, se estou aqui é para passar o tempo, quero dizer, é para ter companhia, tem mais de cento e sete anos que não vejo a lua", ela me olhou de novo com piedade da cabeça aos pés, "pobre velhinho, espero que não caia morto em cima de mim", disse antes de me fazer sinal para segui-la, e desceu uma ruela sinuosa e pestilenta que se perde perto das últimas casas do bairro, e a segui como uma sombra desesperada já que ela não tinha dito não, então estava de acordo, então podia pagar a ela segundo meu humor, minha satisfação e minha própria taxa de câmbio, e andamos durante uns dez minutos nessa ausência de luz que nos cega, por um momento acreditei que ela ia me fazer uma emboscada com seus cafetões e outros cúmplices, nunca se sabe o que pode acontecer com essas vendedoras de alegria, mas chegamos diante de um terreno rodeado de relva, ela disse " é aqui que devemos fazer isso", e eu, eu perguntei "é a sua casa aqui, hein", ela disse "o que é que você tem a ver com isso, você veio para meter ou para conhecer minha vida", e empurrou a porta de uma cabana pré-histórica construída em um canto do terreno, uma família unida de gatos pretos descampou a toda velocidade miando insultos em gíria[12] para nós, e eu pensei "em um canto perdido como este, se alguém começar a te estrangular, o grito que você der não acordará

---

[12] " No original são "insultos em *verlan*", que corresponde a uma maneira de se expressar em francês por meio da inversão da posição das sílabas ou letras de uma palavra. O nome vem de "l'envers", que significa "o inverso" em português. É usada comumente por jovens como forma de criar novas gírias. [N.T.]

ninguém, não tem nem mesmo vizinhos nos arredores, caramba, em que merda me meti, hein", depois a velha ossuda desapareceu dentro da cabana pré-histórica, acendeu uma luminária e me chamou "você vem ou você não vem, merda, tenho mais o que fazer", ela disse assim, e eu entrei por minha vez na cabana pré-histórica, não sem esconder minhas tergiversações, digamos antes minha apreensão que aumentava, e a velha ossuda balançou sua bolsa do outro lado do cômodo, tossiu, limpou a garganta antes de se estirar em um colchão que tinha cheiro ao mesmo tempo de transpiração das axilas de um catador de lixo e cheiro de cogumelos estragados, ela levantou a saia dos anos da Ocupação alemã e disse fazendo ranger a dentadura "me chamam de Alice porque para as maravilhas é a mim que devem se dirigir, não a essas jovenzinhas que mamam ainda nas mães, vá, venha para perto de mim, meu querido", ora eu não sentia mais nenhum desejo, queria sair correndo, queria realmente me escafeder, e depois pensei que minha atitude a machucaria, talvez meu coito fosse para ela a única oportunidade do dia, e tendo em vista seus traços de bruxa, os clientes não deviam ficar desorientados na calçada, pelo contrário deviam mudar de calçada ao perceberem a velha com sua peruca que só cobria um terço do crânio, sua maquiagem exagerada, seu cheiro de avó, sua dentadura que mal ficava na boca como a de um vampiro, e eu, eu queria sair dessa cabana pré-histórica, não estava mais nadinha de nada inspirado por causa desses odores nauseabundos, mas não podemos nunca humilhar as putas, velhas ou não, isso acaba se voltando um dia contra você, e é preciso lembrar que as putas são antes de tudo seres humanos como nós, elas têm seu orgulho, sua dignidade, e quando são humilhadas são capazes de tudo, se transformam então em almas em fúria, e pensar que ainda existem pessoas que acham que essas mulheres não têm cérebro e que pensam com seu instrumento de trabalho, é mentira, não há ninguém pior do que uma peripatética, portanto não fui embora da cabana pré-histórica, me deitei ao lado da velha Alice, ela cheirava a cinzas que são utilizadas durante os velórios para afastar a putrefação de um cadáver, e as veias de seu pescoço pareciam nervuras de uma árvore secular sob a qual mijavam hienas, e vi as pernas de Alice, magras, arqueadas, "como você está, meu querido", ela disse, eu nem lhe respondi, ela devia dizer isso a todos os clientes, isso se ela ainda tivesse clientes de tempos em tempos, então Alice das pernas magras e arqueadas arrancou a fita que me servia de cinto, desabotoou minha calça surrada, mergulhou sua mão com dedos deformados lá dentro, achou meu negócio mais do que contraído, "vou cuidar disso, querido, tua máquina vai estar de pé como se você tivesse 20 anos novamente, estou acostumada, acredite em mim", e ela começou a evocar suas lembranças de jovem prostituta quando suas mãos podiam ainda fazer perder a cabeça a um miserável à beira do suicídio, mas seus gestos eram moles como os de um albatroz capturado em alto-mar por tripulantes que querem se divertir, e então a velha ossuda amassava mais do que acariciava, e como não conseguiu nada de muito concreto, ficou nervosa como um mosquito de lago, e isso me deixou cada vez mais desconfortável, tentava imaginar a última vez que tinha feito um pouco de alpinismo em um monte de Vênus, mas as lembranças estavam tão apagadas que só conseguia me lembrar de alguns poucos clarões, e não é com clarões que podemos recuperar o ânimo de uma máquina avariada, então a velha ossuda se levantou, muito ofendida, recolocou a peruca que cheirava a óleo de palma, a saia da época da Ocupação, pegou a bolsa, disse "você me faz perder tempo, é um imbecil, um pobre idoso", e eu por minha vez fiquei em pé, lhe estendi duas notas de 10.000 francos CFA, ela disse "guarde teu dinheiro, cretino, a humilhação pela qual acabo de passar não custa 20.000 francos CFA", e Alice quase me empurrou para fora

foi ontem, às 4 horas da manhã, que andei à beira do rio Tchinuka, as águas estavam cinzentas e silenciosas, contei algumas carcaças de animais domésticos jogadas ali ou acolá pelos ribeirinhos, falei sozinho durante muito tempo, com certeza acharam que eu era um louco, alguém perdido que via moinhos de vento por todo lado e que os combatia em uma confrontação muito épica, "estou me lixando", pensei assim, e continuei falando comigo mesmo, e então algumas lembranças voltavam à mente como uma ascensão das cinzas, percebi que tenho muito rancor desse rio, que esse rio é como uma lagoa da morte, que é ele a causa de minha infelicidade, a razão de minha raiva, de minhas irritações, gostaria muito de me vingar dele, lhe dizer para me devolver a alma de minha mãe que ele engoliu em um dia de grande silêncio, mas não quero falar desse capítulo até agora, pensarei sobre isso um pouco mais para a frente porque não tenho vontade de derramar lágrimas e, como era tempo de cachorro louco, como

Copo Quebrado

era a estação deles, vi então cachorros acasalando, peguei uma pedra e lancei na direção deles, os cachorros latiram alto e forte seu descontentamento, fugiram me xingando de todos os nomes de pássaros, de pobre tipo, de mesquinho, de mendigo, de pobre animal com duas patas, eu disse "estou me lixando, não entendo o dialeto de canídeo de vocês, vocês só conseguem latir de raiva, tô pouco me fodendo", e continuei minha estrada da fome, queria me sentar um pouco, e então dobrei as pernas como uma gazela que se ajoelha para chorar, na verdade eu estava tonto por causa da fome, senti uma bola que remexia em minha barriga, comecei a vomitar uns coágulos de vinho, pensei "estou me lixando", e aproveitei para cagar ao pé de uma mangueira que no entanto não tinha feito nada contra mim, foi nesse momento que um ribeirinho que passava por lá me disse "pobre idiota, velho ridículo das neves de antanho, poluidor dos espaços públicos, na tua idade você ainda caga ao pé das árvores, não tem vergonha", eu, eu disse bem alto "estou me lixando, o ridículo das neves de antanho está cagando para você", e o ribeirinho, furioso, acrescentou "é comigo que você fala desse jeito, espécie de bêbado, caia duro então, imbecil", e eu disse de novo bem alto "estou me lixando, você morrerá antes de mim, os cemitérios deste bairro estão lotados de jovens idiotas da tua espécie", e o ribeirinho me ameaçou "recolha tua merda ou te jogarei no rio", ele estava decidido a fazer o que tinha dito, e eu não queria me afogar de maneira idiota por causa de uma história de merda ao pé de uma mangueira, e como era minha própria merda, me pus a recolhê-la, e o ribeirinho disse "o que é que está fazendo, velho, você não vai apesar de tudo recolher teu cocô com as próprias mãos, pode fazer isso com a ajuda de um pedaço de madeira, meu deus do céu", eu nem o escutei porque não se fica desencorajado quando se recolhe a própria merda, é a merda dos outros que nos é insuportável, então afundei minhas mãos em meus excrementos, o ribeirinho vomitou, deu no pé porque não podia mais suportar essa cena escatológica, eu comecei a rir e a rir sem parar depois dessa errância, cheguei por volta das 5 da manhã no *O Crédito acabou*, ainda tinha na cabeça a imagem das pernas de Alice, magras e arqueadas, revia sua cabana pré-histórica, depois me voltava ao espírito essa cena da merda que recolhi com as próprias mãos em vez de usar um pedaço de madeira, o que fez com que, por volta das 5 horas da manhã, quando cheguei aqui, eu ainda fedesse à merda, adormeci em uma banqueta e acordei por causa do cheiro do café que me oferecia Dengaki, disse que era por conta do patrão, dei uma olhada em direção ao andar de cima, ainda havia luz na casa de Escargô cabeçudo, peguei o café, nós não servimos entretanto isso aqui, o patrão devia ter preparado ele mesmo o café lá em cima, abri uma garrafa de vinho tinto, um outro dia ia começar, mas um dia não igual aos outros, pensei

é uma ou duas horas da tarde e vejo que o chato de sempre, O Impressor, entrou no *O Crédito acabou*, não sei por que o estou chamando de chato se até agora eu tinha uma boa impressão dele, mas só os imbecis é que não mudam de opinião, então O Impressor terminou o passeio pela Costa selvagem, está todo feliz, todo animado como alguém que acaba de receber um mandato do Senegal, nunca o vi em tão boa forma, o que é que está acontecendo então, ah, entendi, era isso mesmo, entendo agora por que ele está neste estado, sim, agora eu entendo, é porque tem nas mãos um exemplar do *Paris-Match*, está orgulhoso, se exibe, seus pés não tocam mais o chão, e eis que tenta explicar aos outros rapazes os problemas que aconteceram com um casal de artistas francês, um casal famoso, parece, e diz que está tudo escrito branco no preto dentro da revista, conta que esses artistas são assediados por aqueles que se escondem em um arbusto com máquinas fotográficas a fim de surpreender as tetas ou as bundas das divas, e tem gente que escuta O Impressor, tem gente que o escuta assim como escutaríamos o guru que fornica com a mulher do tipo de fraldas Pampers, e como ele tem de falar por muito tempo, O Impressor conta de novo sua história da França, diz que foi para a França, que é Céline, a Branca, a autora de sua decadência, de seu império das trevas, especifica que não é louco, longe disso, que foi Céline quem dormiu com seu filho antilhano, conta tudo isso e as pessoas o olham com piedade, e então tem um cara que lhe diz diretamente que ele deveria ter se casado com uma Africana na França em vez de se casar com uma Branca, as coisas teriam sido menos complicadas e teriam se resolvido com golpes de facão ruandês aqui no país, mas O Impressor responde que as Africanas da França são complexadas, meninas cheias de trejeitos, ele não suporta seus caprichos, elas se acham superiores, essas jovens, querem que fiquemos a seus pés, O Impressor acrescenta que essas jovens são materialistas, olham de perto o carro dos homens, a casa, a conta bancária, as ações na Bolsa de Paris, temos de pagar o penteado ridículo que fazem e que custa o olho da cara, temos de pagar o aluguel delas em um quarto de empregada do XVI *arrondissement* porque para essas caprichosas, é só o XVI *arrondissement* de Paris que lhes interessa, mesmo que tenham de dormir no porão, temos de pagar isso, pagar aquilo, é por isso que elas se arrastam, ficam desempregadas, é por isso que envelhecem aos pés de sua vaidade, é por isso que dormem com velhos Brancos que têm o triplo de sua idade, é por isso que às vezes caem na prostituição porque é mais fácil transformar o corpo em mercadoria do que o cérebro em instrumento de reflexão, e as pessoas começam a rir, O Impressor está feliz com o efeito em massa que provoca, "não sou nada racista, lhes digo", lembra ele, e então, alinhando os preconceitos mais polêmicos, fala também das jovens *black* de Paris, as trata de todos os maus da terra, aproveita para dizer que as Congolesas, não devemos nem mesmo falar delas, são dependentes até a morte, fingem que são intelectuais, diz que as jovens Camaronenses, não há nada pior do que elas, são tão materialistas e interesseiras que são chamadas de *Camaruindenses*, diz que as Nigerianas, meu Deus, passam o tempo todo brigando para ver quem consegue um lugar na calçada da rua Saint-Denis, diz que as Gabonenses, é ainda uma outra história, são feias como piolhos pubianos, diz que as Marfinenses, é inacreditável, são umas dadas que passam o tempo todo remexendo o traseiro, e as pessoas do *O Crédito acabou* gargalham e gargalham mais, O Impressor enfatiza apesar de tudo que seu lugar não é neste bar conosco, e os outros o escutam com mais interesse, concordam com a cabeça, e passam uns aos outros o *Paris-Match*, e O Impressor os lembra que ele dirigia uma equipe, com Brancos de verdade, não Brancos que vemos aqui no país e que comem mandioca e bebem mingau beninense, mas sim verdadeiros Brancos da França, e especifica que são eles que imprimiam o *Paris-Match*, eu penso que ele é mesmo doido esse aí, penso cá comigo que ele devia mudar de disco

e foi assim que depois de ter divertido a galera O Impressor veio até mim e disse "não sei se já te disseram, meu velho, mas você fede à merda, dá para sentir de longe, você fez cocô em si mesmo ou o quê, deveria tomar um banho, tem até moscas te seguindo", eu não respondo, não vou apesar de tudo dizer a ele que alguém me fez recolher a merda que eu tinha deixado ao pé de uma mangueira, não, e O Impressor acrescentou "bom, tua merda não tem nada a ver comigo, queria só te dizer que tenho aqui comigo o último número de *Paris-Match*, o comprei hoje de manhã enquanto fazia hora pelos lados da Costa selvagem, vá, dê uma olhadinha, tem bunda aí dentro, e é de graça", eu pego o jornal por educação, dou uma folheada, abro bem na página de um rapaz que se chama Joseph, um pintor negro emagrecido pela doença, os olhos fechados, a camisa cor mostarda, a foto no jornal o mostra sentado em um quarto de hospital com suas telas e instrumentos de trabalho ao lado, ele parece realmente muito corroído pela doença, tem até na cabeceira da cama um livro consagrado ao pintor Picasso, livro sobre o qual o enfermo colocou seus pincéis, descubro que ninguém conhece o nome verdadeiro desse pintor negro, nem mesmo sua identidade, descubro também que é um pintor das ruas de Paris, um pintor de um bairro de lá que chamam de *Marais,* mas descubro sobretudo com emoção, algumas linhas abaixo, que ele acaba de morrer por conta de um câncer, conta-se em detalhes que estava hospitalizado havia dois meses em um centro de pneumologia do hospital Saint-Antoine, vivia ao ritmo das sessões de quimioterapia, era um sem-teto, dormia então na rua, bebia garrafas e garrafas de *whisky,* fumava maços e maços de cigarro, tenho certa afeição por esse personagem que se assemelha um pouco a mim fisicamente, e a jornalista de *Paris-Match,* uma certa Pépita Dupont, entrevistou esse Van Gogh negro oito dias antes de sua morte, e constato que o Negro em questão era uma verdadeira biblioteca ambulante, leu toda a obra de Arthur Rimbaud, de Benjamin Constant, de Baudelaire e sobretudo de Chateaubriand e suas *Memórias de além-túmulo,* ele fala como um livro, acha a frase precisa, impressiona a jornalista, fala também de pintores ilustres sobre os quais eu leio pela primeira vez porque não sei nada em matéria de pintura, ele cita então pintores que se chamam William Blake, Francis Bacon, Robert Rauschenberg, James Ensor e ainda vários outros, e a jornalista diz que esse pintor negro poderia ter desaparecido no anonimato total, foi alguém que o descobriu por acaso e ficou amigo dele, e esse salvador é um advogado, achou Joseph dormindo na calçada com suas telas, o advogado estava na verdade de mudança para o prédio diante do qual Van Gogh negro estava estendido para passar a noite, e o advogado quase trombou com esse tipo adormecido sobre suas obras-primas, e eles conversaram, o advogado se apaixonou por essa arte original, olhou de perto as telas, comprou algumas delas, e se tornou um grande amigo de Van Gogh negro, conversavam todos os dias, o advogado não se conformava com o fato de essa arte original ter passado despercebida, mas sabia que a arte, o verdadeiro, sofre sempre com a indiferença, o gênio é frequentemente vítima da cegueira dos contemporâneos, da conjuração dos imbecis, e o advogado estava diante do que chamamos de um artista maldito, e queria agora ajudá-lo, impulsioná-lo para a frente do palco, fazê-lo ficar conhecido na

Paris inteira, no meio muito fechado e brega da arte, e o apresentou a um tipo importante que cuida da fundação Dubuffet, aí de novo foi amor à primeira vista, o tipo da fundação Dubuffet disse que esse Van Gogh negro tinha talento, não havia dúvida sobre isso, então o advogado e esse tipo importante da fundação Dubuffet queriam transformar a vida de Joseph em um verdadeiro conto de fadas, infelizmente Joseph deixou esta terra muito rápido, preferiu ir fazer sua arte ao lado de seus ilustres mestres, os Picasso, os Rauschenberg e os outros, e sabe-se que para os grandes artistas a glória só vem após a morte, os vivos bem que tentam, recebem prêmios, é só sucesso mas não a glória, o sucesso é uma estrela cadente, a glória é um sol, e se este se põe nessa região, é para se levantar em outro lugar, é para iluminar outras terras, é para espalhar os raios da glória, e parece até mesmo que o verdadeiro Van Gogh não tinha vendido nem uma única tela enquanto vivo, e desde que Joseph morreu, segundo *Paris-Match*, seu valor aumenta a cada dia, os colecionadores chamam tudo quanto é gente para arrancar as pinturas que ele fazia em caixas de papelão escrevendo sempre frases tiradas do *O Conde de Monte-Cristo*, e parece que esse Van Gogh negro conhecia de cor passagens e passagens inteiras desse livro de Alexandre Dumas, e depois quando ele fala de Chateaubriand, Joseph diz que é grandioso e acrescenta "ele escreve intensamente, interpela os leitores, eu devorei *Atala*, e chorei quando descobri tarde demais que o pai de Chateaubriand tinha sido um mercador de escravos, e ele nunca falou disso em suas *Memórias*", e eu, lendo isso no *Paris-Match*, o que mais me toca é sobretudo sua coragem face à doença que ia levá-lo, ele diz de fato "a doença come meu tempo, e é graças à pintura que sobrevivo, persigo essa porcaria de câncer a pinceladas", e, enquanto tentava terminar a leitura desse artigo emocionante sobre Joseph, o Van Gogh negro, O Impressor ficava me sacudindo, me ameaçando e mesmo tentando arrancar o jornal de minhas mãos "merda, Copo Quebrado, vá logo, o que é que você ganha se demorando com os mortos, esse tipo não vale nada, não quero nem olhar sua foto, é um miserável, um lixo, vá, vire a página", e eu pulo algumas páginas, ele grita "vá com calma aí, você acabou de pular a página das bundas, é a página 13", e volto à página 13, tem de fato bundas expostas, mas francamente são pouco nítidas de todos os ângulos, eu bufo, e bufo de novo, lhe digo "quem me prova que esta foto não é manipulada, hein, não dá para ver bem, dá para colocarmos a bunda de qualquer um aí", O Impressor solta um grito de raiva, não gosta que duvidemos de *Paris-Match*, não suporta contradições sobre esse assunto, e fica bravo então "o que é que você está me dizendo, Copo Quebrado, hein, o que é que você está me dizendo, você tá louco ou o quê, como um tipo de mais de 60 anos que se arrasta como você, como um sábio de teu nível pode dizer idiotices como esta, hein, quer então insinuar que esta foto não é verdadeira, é isso que quer dizer, hein, então você acha que um jornal como *Paris-Match* vai colocar fotos que não são nem mesmo verdadeiras, você não vê não que é em cores, não vê não que são fotógrafos profissionais que arriscam suas vidas, não vê não que são jornalistas sérios que escrevem aí dentro, não vê não que essas bundas aí são bundas verdadeiras que fazem sonhar o típico francês com sua boina basca e sua baguete, que merda, parece que você é realmente cego", e digo entre os lábios como se temesse sua reação "sim, mas ainda assim não podemos acreditar em tudo o que vemos nos tabloides, essa gente aí pode nos vender qualquer coisa desde que tenha alguém comprando", então ele se irritou ainda mais "escute, Copo Quebrado, primeiro que esse jornal, não é um tabloide, é uma coisa séria, é sólido, e posso te jurar isso já que somos nós mesmos que o imprimimos na França, te digo que tudo que tem aí dentro é verdade, é por isso que todo mundo o compra, os políticos, as grandes estrelas, os chefes de empresa, os atores famosos se estapeiam para aparecer aí dentro com suas famílias, diante de sua casa, com o cachorro, o gato, o cavalo e até mesmo, vou te contar, quando os políticos de lá são condenados ou investigados nas salas dos negócios de corrupção, de fraude nas contas, de atribuição de contratos públicos, tráfico de influência e tudo o mais, esses políticos querem posar com a família no *Paris-*

Match para mostrar que são tipos do bem e que são os invejosos e os adversários políticos que procuram pelo em ovo para que eles não se candidatem para as próximas eleições, você vê o problema, hein, veja então a página 27 e verá esse político aí, ele está acabado, comprometido até o pescoço, metido nos assuntos mais sujos da França, mas está no *Paris-Match*, e isso faz bem, estou te dizendo", e eu, eu comecei a me concentrar mais na página 13 onde vemos bundas pouco nítidas, "me desculpe, mas continuo achando que não é uma foto verdadeira, dá para ver a olho nu", e ele arranca violentamente o jornal de minhas mãos, ofendido, diminuído em seu orgulho, e se afasta de mim resmungando palavras maldosas "você é mesmo um velho idiota das neves de antanho, até agora pensava que você era um tipo do bem, mas dá para ver que a velhice está roendo agora teu cérebro, e depois você está fedendo a cocô, vá então tomar um banho", e cospe no chão antes de acrescentar "não temos os mesmos valores, você é de outra época, é um homem do passado, não sei o que é que está fazendo aqui, não quero mais falar com você, acabou, me afasto de você, merda, está esquecendo que eu fui para a França, hein, ninguém aqui viu a neve cair, ninguém aqui viu o Champs-Elysées, o Arco do Triunfo", e se afasta, furioso, desconcertado, eu penso bem lá no fundo "estou me lixando, o velho idiota das neves de antanho te diz merda três vezes", olha lá ele agora sentado no meio de alguns idiotas bêbados de morrer, discutem sobre o jogo em que os temíveis Tubarões do Sul enfrentaram os persistentes Jacarés do Norte, parece que foram os Jacarés do Norte que ganharam com um placar indiscutível de 2 a 0, mas parece também que no primeiro jogo os Tubarões do Sul tinham ganhado com o mesmo placar indiscutível, então terá logicamente um outro jogo daqui a 15 dias segundo o que dizem os idiotas que discutem isso desordenadamente como uns impotentes que se entediam, e O Impressor corta essa falação esportiva " ei, gente, o que é que está acontecendo aqui, hein, onde eu estou então, vocês perderam a cabeça ou o quê, sejam sérios, merda, tem muita coisa mais importante do que esses joguinhos de bárbaros", e começa a circular o jornal que faz a alegria de alguns e a tristeza dos que louvam o futebol

  me levanto para esticar um pouco as pernas e beliscar alguma coisa, penso que esse dia está estranho, começou às 5 da manhã com a merda que tive de recolher, não é um bom sinal, agora todo mundo está com os nervos à flor da pele, acho que é meu último dia neste estabelecimento ainda que eu mesmo não esteja convencido disso, mas estou persuadido de que é meu último dia, é preciso saber terminar, penso nisso enquanto saio do bar com minhas ilusões perdidas, e atravesso a avenida da Independência, vejo Mama Mfoa vendendo espetinhos de carne bem em frente ao *O Crédito acabou*, ela é careca e canta de vez em quando para nos divertir, é por isso que a chamamos afetuosamente de A Cantora careca, ela vende linguado grelhado, frango assado "televisão" e coxa de frango "bicicleta", não gosto do frango "televisão" porque ele é preparado em um forno micro-ondas, então gosto mais do frango "bicicleta" preparado ao ar livre em brasas ardentes, e as más línguas dizem que nossa Cantora careca coloca feitiços em sua comida, que é por isso que ela sempre tem clientes mesmo quando os tempos estão difíceis, essas más línguas dizem também que seus espetinhos deliciosos não passam de pedaços de cachorro ou de gato do bairro, mas não é isso que me faria regurgitar, não acredito nessas fofocas e, se realmente essa carne for carne de cachorro ou de gato do bairro, devemos então concluir que o cachorro ou o gato do bairro é bom para comer, então todos nós já provamos cachorro ou gato do bairro, é verdade que tem muita gente em volta de seu pequeno comércio, acho que é porque A Cantora careca é gentil, é porque ela é uma verdadeira mãezona, tem sempre uma palavra doce para cada um de nós, se ela pede que lhe paguem é com esforço, devemos suplicar para que pegue o dinheiro, ela diz sempre "não foi nada, papai, você pagará quando tiver dinheiro", e nós, nós não podemos aceitar essa generosidade porque é preciso que ela pague o aluguel, que compre comida para sua família, e quando pagamos ela enche o prato mais do que todas as outras vendedoras do bairro, tem até gente que escolhe as bolinhas de carne na própria panela, e ela nos dá pedaços de mandioca de graça, é seu jeito de chamar a atenção dos clientes do bairro Trezentos, é por isso que a adoramos, todo o resto é literatura negro-africana de baixa qualidade das margens do Sena, é só agitação, as pessoas falam, mas elas comem ainda assim os espetinhos de cachorro ou de gato do bairro, é incrível isso, e dizem até que o óleo que ela usa para fritar é uma mistura bizarra de seu catarro e de sua própria urina e que é por isso que os espetinhos têm gosto de bolinhos da cozinha japonesa, é lengalenga, eu não acredito nisso, Mama Mfoa é uma cidadã honesta, assim como aliás o próprio Escargô cabeçudo, são pessoas que não terão nada a se repreender no dia do Julgamento final, eles têm lugar já reservado e numerado no paraíso

nossa gentil Cantora careca me vê então chegando diante de seu pequeno comércio, sorri e me diz "então vamos comer o que hoje, papai Copo Quebrado, hein, você está com uma cara cansada", ela chama todos os clientes do *O Crédito acabou* de "papai", é uma maneira dela de nos mostrar carinho, lhe digo então para me servir um bom frango "bicicleta" com bastante pimenta, lhe digo para me dar também mandioca, pego tudo, pago, ela me diz "você deveria no entanto parar de beber, papai, não faz bem, esse vinho tinto da Sovinco", e eu, eu lhe respondo "vou parar hoje, é meu último dia e minhas últimas taças de vinho, te juro", ela sorri e acrescenta "falo sério, Copo Quebrado, beber não faz bem, veja como está magro desse jeito, você que era um belo homem, está morrendo a cada dia, deixe para lá então a garrafa", e lhe prometo de novo que pararei o culto à garrafa de vinho tinto hoje mesmo à meia-noite, "não acredito em você, e o que é que vai beber quando parar, hein", ela me pergunta assim, e lhe digo que vou beber água pura, muita água pura, ela balança a cabeça, muito incrédula, e me diz "só acredito vendo e depois, papai, pense em tomar também um banho, não sei se se sentou na merda, mas o cheiro está muito forte", eu penso que é ainda esse cheiro de merda que persiste, a vejo virando o frango "televisão" no forno micro-ondas, afundando as carpas no óleo fervente, enxugando o rosto com o dorso da mão direita, vejo até mesmo seu suor que cai dentro da panela, mas ninguém liga para isso, é tudo isso que dá gosto a seus pratos, e fico pensando que essa mulher é realmente uma personagem extraordinária, está sentada no meio de seus utensílios de cozinha, dedicada ao trabalho, e me pergunto se é realmente para ganhar o pão de cada dia que faz isso, talvez seja por amor ao próximo, e enquanto penso nisso, ela me repete "beber não faz bem, papai, um dia é preciso parar, conheço pessoas que foram parar direto no cemitério Etatolo por causa da bebida, te digo que o cadáver de um bebum é assustador de ver, a pele fica bizarra, vermelha como o vinho, é horrível, e não quero que teu cadáver fique assim no dia de tua morte, você entende o que quero dizer, hein", e me conta do rapaz que se chamava Demukussé, um bebum diante de Deus, o Eterno, sua pele tinha avermelhado, uns cogumelos enormes tinham aparecido em seu corpo, Demukussé nunca tinha bebido água segundo Mama Mfoa, e morreu um dia em um arbusto do bairro Fouks com sua garrafa de vidro nas mãos, o enterraram com uma caixa de vinho assim como ele tinha especificado em seu testamento o qual tínhamos respeitado, mas eu não conheci esse tipo, ele nunca veio ao *O Crédito acabou*, é por isso que não serve de nada ficar falando dele, será uma compilação inútil, e então Mama Mfoa percebe que depois da história de Demukussé que me contou eu não lhe respondi nada, me diz então "papai, me desculpe, mas espero que não esteja bravo, hein, eu dizia isso porque gosto muito de você, não teria dito se não gostasse, acredite em mim, papai, não quero que morra como Demukussé, você merece coisa melhor", e enfim me serve, pego meu frango "bicicleta", dou uma cheirada, está bem cozido, a cebola me faz espirrar, ela me olha e murmura com uma voz doce "bom apetite meu papaizinho", e atravesso novamente a avenida da Independência para ir comer no meu canto de costume

Copo Quebrado

   na verdade quando o patrão do O Crédito acabou me pergunta "e você, Copo Quebrado, tá tudo bem com você", eu não vejo realmente o que é que posso lhe responder, ele sabe tudo sobre mim, sabe por que passo minha vida aqui, sabe bem que é por causa de Angélica, ele viu Angélica vir me expulsar deste bar há muito anos quando ele não tinha nem mesmo terminado o telhado de seu estabelecimento, e o que posso eu lhe dizer além disso, não tenho nada a acrescentar, mas é verdade que escrevo em um caderno, ignoro quem mais poderia lê-lo, e esse leitor indiscreto não saberá nada sobre tudo isso se não for um conhecido nosso, e se perguntará o que é que aconteceu comigo, dirá a si mesmo "é legal falar dos outros, é legal comer seu frango 'bicicleta' sentado em um canto, é legal tudo isso, mas o que foi que aconteceu com você, Copo Quebrado, fale-me de você, diga-me tudo, não fique andando em círculos, se confesse", então é realmente necessário falar de mim também, é preciso que o leitor indiscreto saiba um pouco sobre por que eu caí tão baixo sem paraquedas, é preciso que ele saiba por que eu passo agora meu tempo aqui, que isso não seja mais um vazio em seu espírito, ele a quem não canso de repetir que sou um fóssil desse lugar, e então, para começar, devo especificar que Angélica é o nome de minha ex-mulher, mas quando falo sobre ela, a chamo de Diabélica, e ao longo de meu caderno vou chamá-la de Diabélica, sim a chamarei assim, ela não tem nada de anjo, é bem o contrário, não é assim que os anjos, mesmo caídos, agem, pois Diabélica, ela passou mais de 15 anos ao meu lado, e durante todos esses anos tentou me demonstrar que sua curvatura era mais excitante do que a de uma garrafa de vinho tinto, e eu, eu passei mais de 15 anos demonstrando a ela o contrário porque uma garrafa eu posso bebê-la a qualquer momento, de qualquer forma, em qualquer lugar, só depende de mim, de minha vontade, da hora em que chego ao O Crédito acabou, mas com Diabélica, era como se eu não estivesse na presença de uma mulher

   eu sei que meu frango corre o risco de esfriar, sei que preciso comer, mas devo dizer algumas palavras em relação a minha vida, em relação à Diabélica, e então, no começo, essa mulher vinha me tirar deste bar para me levar de volta para casa, mas eu voltava assim que ela ia dormir, e no dia seguinte ela choramingava, dizia que não nos víamos mais, que nossa coabitação se tornava infernal, eu voltava para casa sempre com o primeiro canto do galo que se empoleirava no topo da mangueira de nosso terreno, e algumas vezes eu dormia literalmente ao pé da mangueira, era acordado pelos excrementos quentes e diarreicos desse galo que se empoleirava no topo para anunciar o amanhecer de um novo dia, e então, quando Diabélica abria a porta de manhã, me encontrava para fora no meio de minhas urinas, de minhas defecações líquidas e escurecidas, se acabava de chorar, chamava os vizinhos na esperança de que a vergonha me fizesse mudar de hábito, e eu dizia merda aos vizinhos que não queria conhecer, exigia respeito a minha vida privada, e um desses vizinhos, aquele que eu mais detestava, dizia "não existe vida privada quando se atrapalha o entorno desse jeito, a liberdade de uns termina quando começa a de outros", esse tipo se achava filósofo do Iluminismo, nós quase terminamos em briga porque ele queria a todo custo me provar que tinha mais cultura geral do que eu, bom, em todo caso um dia, no começo do amanhecer, Diabélica disse alto e forte que muito era muito, que sua paciência tinha limites, que ela não ia passar a vida velando um cadáver ambulante como eu, que eu lhe causava penúria crônica, disse também que eu não passava de um mercador de lágrimas, que eu andava sobre a tapeçaria de seu tempo presente, e então as coisas estavam claras, eu devia fazer minha escolha de uma vez por todas, deveria escolher entre ela ou o álcool, era uma escolha muito corneliana, então disse sim ao álcool, e ela começou a choramingar à noite quando eu não voltava para casa ou quando dormia ao pé da mangueira de nosso terreno, falava sobre isso com nosso vizinho filósofo do Iluminismo que dizia então que era como se eu estivesse morto, como se eu fosse um fantasma da Ópera, como se eu fosse um homem de madeira, e Diabélica aprovava essas viagens filosóficas medíocres, acrescentava que teria preferido minha morte rápida e repentina no lugar dessa morte a crédito que a fazia sofrer muito mais, teria desejado minha morte a fim de recuperar um pouco de liberdade em sua vida, dizia que não conseguia mais sustentar o olhar das pessoas do bairro, que tiravam sarro dela, que até mesmo os cachorros latiam ao vê-la passar quando nem era ela quem bebia, jurava que se isso continuasse assim iria se jogar no rio Tchinuka, e eu, eu a consolava, achava argumentos sólidos, dizia, por exemplo, com um ar grave e sério, que beber é melhor do que fumar, mas ela me objetava imediatamente que beber ou fumar era tabaco do mesmo cachimbo ou água da mesma torneira, então não era para beber, então não era para fumar se não seria como partir para o outro mundo de túmulo aberto, e eu ainda ria, não entendia o que eu fazia de errado ao beber, além disso nunca bati em Diabélica, era mais ela que me empurrava, me estrangulava quando estava brava, era bem isso aí que acontecia, entretanto eu era e continuei sendo um bêbado passivo e não agressivo, ela não ignorava que eu sabia o que queria dizer a não violência, que meu pôster preferido era aquele em que víamos Luther King olhando para a imagem de Gandhi, não há nada melhor do que isso para mostrar que eu era um defensor da não violência, não serei eu que atacarei o segundo sexo, por que o faria, eu, hein, e então lhe perguntava "e por acaso já te bati algum dia, por acaso já agredi alguém na rua, será que já vieram aqui reclamar de mim, jamais, não será amanhã que levantarei a mão para alguém, você bem que tentou me chamar de todos os nomes de pássaros migratórios ou sedentários, bem que tentou me tachar de homem aproximativo, bem que tentou me rebaixar diante das pessoas, estou pouco me fodendo, viemos à terra cada um com seu fardo, então não me jogará mais para baixo do que isso, eu sei o que faço mesmo bebendo, então não estou ligando para teu cinema em preto e branco", é o que eu não parava de repetir a ela, te juro sobre o túmulo de minha mãe afogada nas águas cinzentas do Tchinuka

  e Diabélica explicava a quem quisesse escutar que o diabo morava em mim, me enfeitiçava, que eu era prisioneiro de uma criatura persistente que tinha uma longa calda pontuda, uma criatura que me encantava com seus olhos de vulcão, e explicava que eu jogava o jogo desse demônio, que quando eu falava era na verdade Satã que explicava a terra ao bom Deus, e como eu não entendia todas essas histórias, eu só queria ver, é por isso que um dia ela anunciou *urbi et orbi* que iria me dar uma última chance, que eu devia aproveitá-la, que não teria mais adiamento, período de experiência, disse "é legal beber mas não se pode poluir a existência dos que não bebem, o que é que é essa história, você acha que vou passar minha vida assim, hein", na verdade, dizia ela ainda, o álcool faz mais mal aos que não bebem do que aos que o consomem, e quando eu consumia era como se fosse ela quem consumia, e então ela se embebedava duas vezes mais do que eu, foi na verdade nosso vizinho filósofo que lhe tinha enchido o saco com essas teorias aleatórias que ela tomou por verdadeiras, e esse vizinho dizia que Diabélica era uma "vítima indireta", esse vizinho realmente me irritava, e eu ria desse tipo de extrapolação vinda de uma pessoa que não tinha nem mesmo estudado medicina em Paris, aliás existem alguns doutores que fumam como chaminés recém-construídas, de toda maneira não devemos exagerar, como é então que o que eu bebo, para mim, pode ir parar na barriga dela e embebedá-la como se fosse ela quem tivesse bebido, Deus não é qualquer um, vejamos, fomos concebidos detalhadamente, não existem ligações invisíveis entre dois estômagos diferentes, a cada um seu chope, a cada um seu intestino delgado e seu pâncreas, minha bílis é minha bílis, sua bílis é sua, ponto final, e foi isso que respondi a Diabélica e ao nosso vizinho filósofo do Iluminismo, mas era a última chance que minha mulher ia me dar, eu estava esperando para ver qual seria sua estratégia depois que eu tivesse recusado me dobrar a suas ordens, e ela disse "não estou brincando não quando digo que é a última chance que te dou, vai acabar mal essa história, estou te dizendo", e eu ria dizendo "palavras, palavras", continuava tendo ressaca, bebendo goles de vinho tinto, me acabando, abrindo as pobres garrafas inocentes da Sovinco, esquecia até mesmo que era casado, que Diabélica era minha mulher e, um dia, uns vizinhos convertidos à religião muçulmana vieram me tirar do *O Crédito acabou* para me dizer que minha esposa tinha sido mordida por uma cobra, eu disse que não era casado e que as histórias de cobra não divertiam mais nenhuma criança negra, e escutei esses vizinhos muçulmanos murmurando que Alá teria feito melhor se me tirasse essa vida que eu não merecia mais, disseram que eu não passava de uma silhueta, um fantasma sem sepultura, ora esses vizinhos muçulmanos tinham razão, minha mulher tinha mesmo sido mordida por uma dessas cobras pretas que aparecem pelo bairro Trezentos como se não houvesse mais espaço vital para elas nas savanas arborizadas, até mesmo para as cobras tinha chegado a hora do êxodo rural, e não acharam outra vítima além de Diabélica, mas eu, eu não tinha nada a ver com isso, estava pensando em outras coisas, e talvez tenha sido essa história de cobra preta que jogou de vez tudo para os ares a ponto de fazer com que Diabélica precipitasse as coisas e então, em um dia de muito sol, a família de meus sogros apareceu em casa, discutiram sobre guerra étnica, e eu era o objeto da discussão bizantina, eu, Copo Quebrado, falaram sobre mim longamente, promulgaram um decreto a meu respeito, e me condenaram por contumácia porque eu não tinha me apresentado diante do tribunal, era como se eu tivesse pressentido a emboscada que essas pessoas me preparavam, na verdade meu instinto falou mais alto, tinha saído de casa desde a véspera, e foi assim que escapei por pouco das garras desses intolerantes, desses agressores dos direitos humanos, desses estraga-prazeres, desses filhos do caos, desses filhos da raiva, ora eu não tinha contado com a vigilância e o rancor de Diabélica que sabia onde me encontrar, e ela arrastou esse comitê de recepção familiar pela rua, ao longo da avenida da Independência, até mesmo os transeuntes acharam que era a greve dos derrotados, essas pobres pessoas do bairro Trezentos, porque, é preciso dizer, meu ex-sogros são realmente uns miseráveis, uns vagabundos, uns caipiras com roupas ao mesmo tempo sujas e usadas, é normal, eram uns pobres mujiques do interior, só pensam em cultivar a terra, em espiar a chegada da estação das chuvas, e, gananciosos do jeito que são, esse pessoal é capaz de vender almas mortas ao primeiro comprador, não têm maneiras, nunca aprenderam a comer à mesa, a usar um garfo, uma colher ou uma faca de mesa, é um pessoal que passou sua existência de caipira perseguindo ratazanas e esquilos, pescando peixes-gato, e não se pode nem mesmo discutir sobre cultura com eles porque, como diz o cantor de bigode[13], eles não têm o espírito muito maior do que um dedal, e então esses homens das cavernas vieram me tirar de minhas nobres preocupações no *O Crédito acabou*, leram para mim a condenação por contumácia, tinham decidido me levar a um curandeiro, um feiticeiro, ou talvez um bruxo chamado Zero Erros para que ele espantasse o diabo persistente que morava em mim, para que tirasse de mim o

---

[13] Referência a Georges Brassens e sua música *Une jolie fleur*. [N.T.]

Copo Quebrado

hábito de me bronzear sob o sol de Satã, e devíamos ir lá, na casa desse imbecil que chamávamos de Zero Erros, eu não tinha medo, queria irritá-los, e disse "deixem-me tranquilo, vocês acham que quando bebo provoco alguém, por que é que todo mundo está contra mim, não quero ir não para a casa de Zero Erros", e todas essas pessoas corajosas da família de meus sogros disseram em coro "você deve vir conosco, Copo Quebrado, não tem escolha, te levaremos lá, até mesmo em um carrinho de mão se for preciso", respondi gritando como uma hiena que caiu em uma armadilha de lobos "não, não e não, antes morrer do que segui-los a Zero Erros", e como eles eram muitos me pegaram, me sacudiram, me ameaçaram, me imobilizaram, e eu gritava "que vergonha de vocês pessoas de pouca fé, não podem fazer nada contra mim, nunca se viu um Copo Quebrado ser consertado", e me colocaram à força em um carrinho de mão ridículo, e o bairro inteiro riu diante dessa cena inédita porque me arrastavam como um saco de cimento, e eu, eu insultava Zero Erros durante toda a minha *via crúcis* enquanto minha mulher falava ainda da cobra preta que a tinha mordido, e eu perguntava de qual cobra preta estávamos falando, "é a cobra de Satã, foi você que a fez vir aqui, eu nunca na vida tinha sido mordida por uma cobra preta" gritava ela, e eu continuava dizendo "cobra preta, mas preta mesmo, e como é que você a viu à noite se ela era preta", ela quase virou o carrinho de mão se sua tia não a tranquilizasse dizendo "acalme-se minha sobrinha, Zero Erros vai cuidar dele em pouco tempo, veremos logo logo se o diabo e o bom Deus podem comer juntos sem que um deles utilize uma colher de cabo longo"

e me levaram à força até Zero Erros, eu assobiava não sei mais que música, mas quem então pode saber por que canta o pássaro preso, hein, e sem dúvida eu assobiava a canção de Salomão, o carrinho de mão sacudia, quase virava, não sei por qual milagre eu continuava lá dentro, e essas pessoas se revezavam para empurrá-lo, eu os irritava mesmo porque arrotava e ameaçava até mesmo de fazer xixi ou cocô, e finalmente chegamos ao topo de uma colina, diante da velha cabana de Zero Erros, do outro lado do rio Tchinuka, o bruxo que nos tinha visto vindo de longe disse "infiéis, tirem esses sapatos de merda, afastem os maus pensamentos, estão aqui em minha casa, estão no reino dos ancestrais", e o cortejo inteiro obedeceu a ele como se as palavras viessem do Espírito Santo em carne e osso, minha mulher tirou meus sapatos *manu militari*, e os jogaram em um canto, eu disse a ela "não se esqueça de calçar meus sapatos", e eles deram presentes a Zero Erros que ronronava uns obrigados em dó maior mas que saíam em sustenido de tão suspeito que esse sujeito era, então vi logo de cara que esse Zero Erros era tudo menos um verdadeiro curandeiro, ele parecia o tipo que queria fazer o juiz ficar rico, esse tipo de quem falei no começo destes últimos cadernos e que se chama Mouyeké, e Zero Erros também era tudo menos um verdadeiro bruxo porque, sem querer me gabar, eu sei apesar de tudo reconhecer os autênticos feiticeiros, e ele não era nem sequer um trapaceiro cavalheiro, era um Grande Trapaceiro, e eu o desafiei, disse a esse Grande Trapaceiro "se você aí for um curandeiro de verdade, se você aí for um feiticeiro como se deve, então adivinhe minha data e lugar de nascimento diante de todas estas testemunhas, fale sobre minha árvore genealógica, nos dê uma prova de tua ciência oculta", e meus sogros, esses mujiques capazes de vender almas mortas, esses derrotados, esses grosseirões e grosseironas me olharam com os olhos esbugalhados, gritaram comigo, botaram a boca no trombone e me disseram para acabar com a comédia com medo de atiçar a cólera divina enquanto se dava a transmissão entre os ancestrais e Zero Erros, me empurraram contra a parede, e eu, sem perder a insolência, ainda disse "sim, porque os feiticeiros de verdade de Lubulu, minha vila natal, eles são capazes de lhes dizer a data e o lugar de nascimento, já você não é capaz disso, eu sei, você mesmo também o sabe", a atmosfera ficou tensa, e minha mulher me disse "Copo Quebrado, será que você pode por um segundo calar à chave tua boca e deixar trabalhar o grande Zero Erros", e eu não me calei, ainda apertei o prego de meu próprio caixão dizendo ao público "esse tipo aí é um impostor de primeira categoria, não é um feiticeiro de verdade, não é um curandeiro de verdade, quer acabar com nosso dinheiro, sim ele quer acabar com ele assim como todos os grandes trapaceiros deste país acabam com o dinheiro dos cidadãos honestos, é ele o diabo, não eu, lhes digo, *vade retro Satanás*", a família de meus sogros me insultou em coro enquanto eu reiterava minhas heresias, e minha mulher gritou "cale a boca agora, Copo Quebrado, por que é que fala assim a um homem tão temido no bairro todo, você é louco ou o quê", eu ri, dei uma banana com o braço a esse trapaceiro, cuspi no chão, e o sogro disse "realmente esse teu marido não é mais o marido que conheci", e a sogra disse por sua vez "Deus faça com que nossos ancestrais nos perdoem os delírios de meu enteado, eu não sabia que Satã podia colocar tais blasfêmias na boca de uma criatura de Deus", e o cunhado disse "ele não é uma criatura de Deus, ele é o Anticristo em pessoa", e os outros mujiques, e os outros grosseirões, e as outras grosseironas, e os outros ostrogodos falaram igual, e minha mulher retomou a palavra porque queria acertar os ponteiros, e então disse "Copo Quebrado, te peço para ir se desculpar imediatamente com Zero Erros assim como com os ancestrais que nos observam neste momento, é por sua causa que não há transmissão", e Zero Erros que fingia meditar enfim falou, suspirou nestes termos "senhora, lhe agradeço por essas palavras de sabedoria, mas compreenda bem que é o diabo que habita o corpo de seu esposo, é o demônio que fala desse jeito, lhe prometo que iremos tirar esse diabo de seu corpo, acredite em mim, não me chamo Zero Erros por acaso e, como vocês todos sabem, lutei contra espíritos bem mais rebeldes do que este", eu recuperei minha raiva gritando "pare com essas idiotices, pobre mentiroso, pobre grande trapaceiro, pobre vendedor de quimeras, pobre homem de sete sobrenomes e umas sujeiras, pobre fanfarrão, pobre charlatão, pobre prestidigitador sem talento, pobre aproveitador, pobre capitalista *vade retro Satanás*", eu disse tudo isso, e Zero Erros se irritou de repente, perdeu o controle, e exibiu seu sorriso mais amarelo, e rangeu suas cáries apodrecidas, e era o que eu procurava, queria que ele estivesse fora de si, e ele disse "você me trata de capitalista, eu, hein, sou eu que te trato de capitalista, acha que sou um capitalista, eu, repita de novo tuas blasfêmias diante das máscaras dos ancestrais e verá se não transformo essa tua boca aí em focinho", gritou assim, e eu insisti "sim, você é um pobre capitalista, um verdadeiro pobre capitalista, faz a exploração do homem pelo homem, *vade retro Satanás*", e ele se irritou ainda mais, falou com minha mulher "escute, senhora, não posso trabalhar assim, teu marido não me respeita, ele não respeita os ancestrais, ousa me tratar de capitalista, eu podia ainda aceitar tudo de um diabo que me diz *vade retro Satanás*, mas não ser tratado de capitalista, acha que exploro os pobres, eu, acha que gosto da remuneração, eu, acha que faço a exploração do homem pelo homem, sou além do mais Zero Erros, pergunte a qualquer um e te dirão que recuperei a vista dos cegos, as pernas dos paralíticos, a voz dos mudos, os óvulos das mulheres estéreis, a ereção dos homens que não ficavam mais duros nem mesmo de manhã quando o xixi normalmente livra a coisa de todos os males, falando nisso, será que você sabe que eu ajudei o prefeito desta cidade a se reconectar à vida, e não falo nem mesmo do sucesso dos estudantes nas provas, dos cargos de administração que fiz pessoas que não tinham nem mesmo ido à escola obter, também não vou falar do retorno ao lar conjugal da mulher do governador desta região, não é por acaso que me chamam de Zero Erros, será que você sabe que quando o hospital Adolphe-Cissé deixa a peteca cair, sou eu aqui que você vê em carne e osso que ajuda os pobres doentes desamparados, hein, então quando vejo imbecis desta natureza, imbecis como teu marido virem acabar com minha reputação lendária, profanar a pureza das máscaras dos ancestrais que estão presas na parede, penso que este mundo está realmente perdido, que o Anticristo chegou aqui por seu intermédio, te digo que o lugar deste senhor é no asilo, te peço consequentemente para levar este lixo teu para casa, merda, o que é que é esta história, para fora, já falei, me recuso a cuidar deste tipo que me falta com o respeito, saiam de meu lugar santo antes que lhes rogue uma praga", e eu, eu comecei de novo a rir como um coiote gritando um gospel do Mississippi, como um lobo de montanha que tenta cantar um concerto barroco, e disse a minha mulher "não se esqueça de calçar meus sapatos, gosto deles", e a família de meus sogros me recolocou no carrinho de mão porque tinha medo de que Zero Erros lhe rogasse uma praga, porque tinha medo de que essa praga a fizesse ter entre seus descendentes crianças com focinhos ou pés ou rabos de porco, e foi assim que me levaram de volta para casa, foi assim que me tornei um estúpido para eles, mas felizmente escapei das garras desse grande trapaceiro Zero Erros, *vade retro Satanás*

    ora meu calvário não estava no entanto terminado porque Diabélica se queixava sempre, então eu estava desamparado, nada de rala e rola com ela durante os dias, semanas e meses seguintes sendo que eu adorava fazer aquilo lá quando tinha bebido, é bom fazer aquilo lá quando bebemos, temos a impressão de flutuar, de ganhar altitude, mas Diabélica não me queria mais, parece que eu fedia, parece que eu não era mais o mesmo cara, que eu parecia às vezes Satã, e eu não podia apesar de tudo violá-la, vejamos, isso não seria a minha cara, então é desde essa época que não dou uma trepada, e, um pouco depois, enquanto as coisas pioravam dia após dia, Diabélica me fez sentar ao pé da mangueira de nosso terreno, ela tinha alguma coisa de importante a dizer, eu não quis escutá-la, disse "me deixe tranquilo, não trepo há muito tempo, só vou conversar se treparmos", e ela me olhou com comiseração, começou a falar com uma voz triste, quase me fez chorar ao me lembrar que todo mundo me conhecia agora no bairro como um bebum sendo que eu tinha sido um excelente professor na escola primária dos Três Mártires, disse que eu não lia mais meus romances de Frédéric Dard, codinome San-Antonio, as *Fábulas* de La Fontaine, as *Cartas de meu moinho*, o *Diário de um pároco de aldeia*, disse que alguns de meus antigos alunos guardavam boas lembranças de mim, que outros tinham se tornado responsáveis por este país, tinham se tornado *alguém* com uma boa posição a torto e a direito na administração, que eu era apesar de tudo o único professor dessa escola que não batia em seus alunos, que eu era um homem exemplar, e depois ela também lembrou como tinham me demitido duramente de meu cargo de professor, é verdade que esse é um capítulo sombrio de minha existência, mas é a vida, será que tinha sido minha culpa, será que eu tinha realmente me tornado alguém incapaz de assegurar meus cursos, hein, foram eles que disseram isso, essas pessoas de má-fé, acho que agora será preciso que eu fale um pouco sobre isso, que eu diga duas ou três palavras sobre o assunto ainda que meu frango "bicicleta", que não toquei até agora, esteja esfriando por causa de todos esses pensamentos

      quando ainda era professor, dizem que eu chegava sempre atrasado em sala quando tinha bebido, dizem até mesmo que eu mostrava então minha bunda às crianças durante o curso de anatomia, dizem também que eu desenhava sexos gigantes na lousa, dizem que eu mijava em um canto da sala, dizem até que eu beliscava a bunda de meus colegas homens ou mulheres, dizem que eu tinha feito os alunos experimentarem vinho de palma e, como não há briga pequena nesse mundo que colapsa, o inspetor regional foi posto a par de meus modos primitivos, o governador da região também foi posto a par de minha crônica da doce deriva, e esse governador da época não era homem de fazer pouco caso das situações ruins, exterminava o problema desde os primeiros sintomas, e então esse governador da desgraça foi muito categórico, muito intratável, muito intransigente, e pediu minha transferência pura e simplesmente, disse, com sua voz grave de profeta lendo os mandamentos de Deus gravados sobre uma pedra, "enviem este bêbado para o interior, não quero mais saber dele em minha circunspecção, ele atrapalha minha campanha contra o alcoolismo, não quero perder as próximas nomeações", e então ele queria a todo custo me transferir para o interior, e eu disse não de maneira firme e irrevogável, não me via no interior observando os traseiros das galinhas-d'angola, e foi nesse momento que o comissário distrital

Copo Quebrado

foi posto a par por sua vez, não se pode brincar com esse tipo que mede mais de dois metros de altura, executa-se o que ele diz, ponto final, e ele confirmou a ideia do governador de me transferir para o interior profundo no meio das galinhas-d'angola, eu disse não, não e não, e foi nesse momento que o comissário do governo foi posto a par por sua vez, era no entanto um tipo simpático, parecia um homossexual porque ele mexia a bunda como uma mulher quando andava, o comissário do governo que era no entanto simpático disse que o interior era a única solução para pessoas de minha categoria, desse jeito eu só beberia vinho de palma que, segundo ele, parecia menos nocivo do que o vinho tinto da Sovinco, eu disse não, não e não, e foi nesse momento que o ministro da Educação foi enfim posto a par por sua vez, e disse "o que é esta confusão que está acontecendo no bairro Trezentos, hein, a bebedeira não é desculpa para a imbecilidade e vice-versa, enviem então este bêbado para o interior e que não falemos mais sobre isso", e teve o efeito de bola de neve, a pequena briga se tornou um problema de todo mundo, ir ou não ir para o interior, esta era a questão, e assim os pais dos alunos começaram a tirar seus filhos de minha aula, e depois não me forneceram mais giz porque diziam que eu os comia ou os esmagava pisando em cima deles, e depois não me forneceram mais canetas porque diziam que eu as confundia com um termômetro durante a aula e as enfiava lá onde podemos imaginar, e depois não me forneceram mais canetas nem tinta de diferentes cores porque eu não distinguia mais as cores e só reconhecia o vermelho e o negro, e depois não me forneceram mais material de geometria porque diziam que eu não conseguia mais traçar uma linha reta que é o caminho mais curto de um ponto a outro, e depois não me forneceram mais o mapa de nosso país porque diziam que eu o chamava pelo nome que tinha na época da realeza, e eu disse alto e forte "estou me lixando, não preciso de tudo isso para ensinar, o farei com o que tiver a meu alcance, estou me lixando para as canetas, os gizes, as réguas e estou me lixando também para o mapa de nosso país porque este país é uma merda, é uma fronteira que herdamos enquanto os Brancos compartilhavam o bolo colonial em Berlim, então este país nem sequer existe, é uma reserva com gado que morre de escassez"

     e foi assim que um dia, muito embriagado, cheguei à sala, percebi que só havia um aluno sentado no fundo, felizmente era um de meus melhores alunos, e eu lhe disse para se aproximar, ocupar a primeira carteira, se orgulhar da sede de conhecimento que aureolava sua cabeça de anjo, então dei ainda assim minha aula a esse anjinho que me olhava com dó porque era realmente um anjo, com seus olhos inocentes e seu olhar tolerante, e ficou na sala ainda que seus camaradas não tivessem dado as caras, foi para a primeira fileira, colocou o material sobre a mesa, o caderno de exercícios, o dicionário de bolso, o apontador, o lápis, a borracha, sua Bic e sua garrafa de água Mayo, e então eu lhe falei sobre o plural dos substantivos, é verdade que eu estava bêbado, mas me lembro de qualquer maneira de tudo o que disse, "meu pequeno, obrigado por ter vindo, esta talvez seja a última vez que ensino nesta escola, foi Deus quem te enviou, e você será um homem importante, um verdadeiro homem, estou pressentindo isso, é por isso que vou te dar as bases da expressão escrita, e vou te falar do plural dos substantivos, é importante para a vida, meu pequeno, todo o resto virá depois porque a vida é uma história banal de singular e plural brigando todos os dias, se amando, se detestando, mas condenados a viver juntos, pegue então teu caderno de exercícios e copie o que digo, retenha que em geral o plural dos substantivos comuns se forma com a adição de um *s* no final da palavra, mas atenção, o plural e o singular são parecidos em substantivos que terminam com *s, x, z,* como em *bois, noix* ou *nez*,[14] e logo vamos ver o plural dos substantivos compostos como *coffre-fort, basse-cour* ou *tire-bouchon*,[15] veremos também o plural dos substantivos comuns estrangeiros como *pizza* ou *match*", e foi

---

[14] Madeira, noz ou nariz, em português. [N.T.]

[15] Porta-mala, galinheiro e saca-rolha, em português. [N.T.]

nesse momento que escutei um barulho e um furor lá fora, havia muitos intrusos lá, me virei, vi mais de dez milicianos entrarem em minha sala de aula aos berros, estavam acompanhados dos pais de meu último aluno que chorava porque não queria sair da sala, porque queria aprender a lição até o fim, seguir o caminho da escola, não se arrepender depois do tempo da infância, e os milicianos me deram chutes na bunda, me debati como um diabo, meu aluno chorava e queria entrar na briga para me defender, e eu me rendi sem combater, disse ao anjinho "obrigado meu anjo, você é o maior entre todos estes que me jogam pedras, é o maior porque é o único que me entende, minha cruz é bem pesada, mas a suportarei até o fim sem me queixar, não chore, nos encontraremos no paraíso", e o anjinho me fez um sinal carinhoso antes de enxugar as lágrimas, e foi assim que fui posto em quarentena, proibido de colocar os pés nos arredores da escola, então disse alto e forte "estou me lixando, isso não me dá calor nem frio", e me deram uma licença de trabalho, esperei por duas semanas, um mês, dois meses em casa sem nenhuma novidade, uma senhora me substituiu na escola, e três ou quatro meses depois recebi da administração uma longa carta tão mal escrita que perdi o dia inteiro corrigindo seus erros gramaticais e sintáticos, ri muito não ligando a mínima para o conteúdo, mas na verdade, nessa longa carta, me propunham ainda um cargo em um canto perdido do interior onde não havia nem mesmo eletricidade sendo que, como iriam se lembrar os negros de nosso presidente-general das forças armadas, Lênin já tinha dito "o comunismo é o poder dos Soviéticos mais a eletrificação de todo o país"

    foi nessa época atormentada que Diabélica me suplicou que eu aceitasse a solução da última chance, disse que o interior não era o fim do mundo, a vida era menos cara lá, a carne era fresca e caçada atrás da casa, os peixes se deixavam capturar nas redes, lá os galhos das árvores frutíferas eram tão baixos que até mesmo os anões de jardim reclamavam de sempre ter de se curvar para andar, e ela me provou que o interior era bom, que lá os mortos não faziam fila porque no cemitério da vila havia sempre lugar para todo mundo, porque lá os habitantes eram simpáticos, e com um ar ingênuo eu disse então "ah é, então o interior é bom é", e Diabélica que tinha visto que eu reconsiderava pouco a pouco minha posição, respondeu "Copo Quebrado, é o que estou morrendo de vontade de te dizer faz alguns dias, você não quer me escutar, você ainda se apega à cidade como um bebê canguru que não quer sair do bolso de sua mãe", e eu perguntei na sequência "mas por que então as pessoas não vão correndo para lá já que é melhor do que cidade, hein", ela disse "porque são idiotas, só isso, ora você é inteligente, pode entender que o interior é vida", e eu perguntei dessa vez com um ar inquieto "você tem realmente certeza de que essa história de interior, não é um pouco para me punir que eles querem me mandar para lá, hein", ela respondeu que não iríamos apesar de tudo passar o dia inteiro discutindo sobre isso, essa solução era a melhor, a boa para nós dois, ela me amaria, eu a amaria, nós viveríamos felizes, sem os difamadores, sem os invejosos, e para encerrar a discussão Diabélica acrescentou que, se eu aceitasse essa proposta, ela me deixaria beber como eu quisesse, me prometeu também que encontraria até mesmo alguém que ficaria encarregado de me levar vinho de palma, um bom vinho de palma todas as manhãs, então me senti de repente mais do que aliviado, Diabélica só queria o nosso bem, eu imaginava essa vida dos sonhos, minha garrafa de vinho de palma ao lado, e foi por isso que, dois dias após nossa pequena discussão enriquecedora, eu tinha um pedaço do coração que dizia sim ao interior enquanto o outro não queria de jeito nenhum sair da cidade e me dizia que isso era uma grande armadilha, meu coração realmente balançava, o interior ou não, esta era a questão, durante esse tempo eu tinha mais do que nunca sede, sede de vinho tinto da Sovinco, e um dia, não aguentando mais, fui beber um bom tanto, e voltei caindo de bêbado para casa como sempre, cantarolava em voz alta minha canção preferida, *Morrer por ideias*,[16] e escutava esse cantor de bigode que fuma um cachimbo cantar como se cantasse para mim, apenas para mim, e ele dizia com sua voz grave "eles souberam me convencer, e minha musa insolente, renunciando a seus erros, se une à fé deles, com uma suspeita de precaução no entanto"[17], o mesmo cantor me dizia ainda muito claramente, como advertência, "ora, se é uma coisa amarga, desoladora entregando a alma a Deus, é bom constatar que tomamos a direção errada"[18], e eu que conhecia essa canção de cor não queria tomar a direção errada, não queria me enganar, casar-me com ideias que não valeriam mais um dia ou outro, esse cantor me ensinava que as pessoas que pedem aos outros a morte por ideias eram os últimos a dar o exemplo, e por que esses moralistas não iam eles mesmos viver no interior, hein, então me recusei a ir em exílio para lá, na zona do interior, porque não queria ser um bebum no interior e, como tinha categoricamente recusado essa ajuda, a administração aproveitou a ocasião para me erradicar da função pública, escreveram coisas do tipo "caro Senhor, apesar de nossa vontade de encontrar um consenso quanto à situação atual que lhe diz respeito, constatamos com pesar que o senhor continua resolutamente inflexível e imóvel em suas posições com uma obstinação que nos conduz a tomar em relação ao senhor uma decisão prevista pelas disposições que regem a Educação nacional, esta decisão tem graves consequências pois nos obriga a colocar um ponto final em suas funções sem vias de recurso, entretanto lhe damos uma semana para refletir e, sem resposta de sua parte, a decisão será então efetivada dia 27 de maio à meia-noite, e o senhor não poderá mais, após essa data, valer-se das disposições do artigo 24 alínea f modificado pela lei de 18 de março de 1977", e eu pensei "estou me lixando, não tenho nada a

---

[16] "Mourir pour des idées", canção de Georges Brassens. [N.T.]

[17] « Ils ont su me convaincre/ Et ma muse insolente/ Abjurant ses erreurs se rallie à leur foi/ Avec un soupçon de réserve toutefois » no original. [N.T.]

[18] « Or, s'il est une chose/ Amère, désolante/ En rendant l'âme à Dieu, c'est bien de constater/ Qu'on a fait fausse route » no original. [N.T.]

ver com isso, eu, e depois não entendo nadica de nada dessa prosa", e fui embora contar tudo isso a meu novo amigo Escargô cabeçudo, foi na época em que ele também estava com problemas com a população por causa do estabelecimento que tinha acabado de abrir, e ele brigou um pouco comigo, e depois disse que era a vida, um dia está tudo bem, no outro não está, o essencial é continuar de pé, os cabelos ao vento, o essencial é me acostumar o melhor possível com esse avatar de uma versão estragada do paraíso, não sei mais qual poeta negro-africano disse coisas assim, sem dúvida um tipo do qual muitos novos poetas sem talento se esforçam para recopiar os versos, pobres epígonos desamparados

  é preciso dizer que Diabélica não entendia minha queda pelo álcool, ela justificava isso como podia, falava da morte de minha mãe tentando explicar, mas o que é que ela sabia realmente sobre essa morte, hein, o que é que podia dizer além das fofocas do bairro Trezentos, eu não gostava quando ela evocava a morte de minha mãe, era aí que eu ficava bravo, era aí que podia ficar agressivo, ora sempre controlei minhas pulsões, nunca me deixei tomar pela raiva, acha que já critiquei a mãe dela que tem um olho menor do que o outro, hein, acha que já critiquei o pai dela que tem um pé torto e uma hérnia entre as duas pernas, hein, mas Diabélica tomava suas liberdades, insistia no assunto, acordava o cadáver de minha mãe, a atrapalhava em sua busca pelo descanso eterno, não se brinca desse jeito com a morte, é preciso realmente recolocar as coisas em contexto, eu não esperei que minha mãe batesse as botas para começar a beber, ainda que, o reconheço, sua morte tenha acelerado um pouco as coisas, isso quer dizer que eu ficava triste quando Diabélica associava meu culto sem moderação ao álcool à morte de minha pobre mãe, e estava claro que não podia deixá-la fazer tal dedução, eu diria na verdade que reduzi o número de garrafas nas semanas que seguiram a morte de minha mãe, era para mim uma espécie de luto, um respeito que devia a ela, e só retomei minha plena atividade quando tive certeza de que o corpo de minha mãe tinha apodrecido e sua alma tinha enfim chegado ao jardim do Éden

digamos que se minha mãe morreu afogada nas águas cinzentas do rio Tchinuka, não foi sua culpa, é uma história misteriosa, e vou ainda assim falar duas ou três palavrinhas para que as coisas fiquem mais límpidas do que as águas do Tchinuka porque não se podem misturar os defuntos ainda que os mortos tenham todos a mesma pele, quero dizer duas palavrinhas correndo o risco de que meu prato de frango "bicicleta" esfrie totalmente, mas o comerei ainda assim daqui a pouco, e então na noite de sua partida para o outro mundo minha mãe tinha tido um pesadelo impossível, então se levantou, os olhos fechados, a boca aberta, os braços esticados como se puxados por forças invisíveis, por sombras da noite, abriu a porta de sua cabana para ir ao rio na esperança de encontrar meu pai que eu nem conheci, diziam até que ele era um extrator de vinho de palma renomado em Lubulu, diziam que tinha duas paixões, o jazz e o vinho de palma, então caras como Coltrane, Armstrong, Davis, Monk, Parker, Bechet e outros Negros no trompete e clarinete, ele conhecia essas melodias que os Negros, dizem, teriam inventado nas plantações de algodão ou de café para domar o *spleen* de sua terra ancestral e sobretudo também por causa das chicotadas de seus senhores escravagistas que não entendiam por que cantava o pássaro engaiolado, e isso quer dizer que meu pai era viciado nessas melodias inventadas por mãos negras, contavam até mesmo que colecionava os 33 e os 45 rpm desses tipos no trompete e clarinete, diziam também que morreu por conta de uma história de bruxaria à queima-roupa, teriam atirado uma bala nele que só os que têm 4 olhos podem evitar, teriam atirado nele pelas costas enquanto dormia porque dormia sempre de barriga para baixo apesar das advertências de vários feiticeiros de Lubulu, e foi seu tio que teria dado o golpe para herdar seus instrumentos de trabalho de extrator de vinho de palma, talvez também seus 33 e 45 rpm dos Negros no trompete e clarinete, mas essa história que minha mãe tentava narrar é muito complicada, ela queria justificar nossa fuga da vila de Lubulu para a cidade, e se minha mãe tinha decidido sair dessa vila de pessoas corajosas, era sobretudo para me proteger da bruxaria à queima-roupa e daqueles que ainda tinham raiva de meu pai mesmo depois de sua morte, e quando ela me contava sobre esse tiro noturno e místico ela via bem que eu ficava duvidando, eu não tinha nem mesmo dois anos, e não posso dizer se me pareço com meu pai, mas dizem normalmente que tenho os traços do tipo desprezível que teria matado covarde e friamente meu progenitor e que teria herdado os instrumentos de trabalho de meu pai e sua coleção de 33 e 45 rpm dos Negros no trompete e clarinete, então a morte de minha mãe só podia me parecer tão misteriosa quanto a de meu pai, e na época da morte dessa mulher corajosa os jornais tinham dito que era um fato cotidiano, do tipo acidente noturno, e fizeram a manchete sobre o corpo de uma senhora encontrada às margens do Tchinuka, é por isso que quando passo em frente a esse rio eu insulto as águas, cuspo no chão, jogo pedras bem longe, lá para as profundezas desse curso d'água maléfico, eu grito à injustiça

   me desviei para falar de minha mãe, e eis que foi a sombra fugidia de meu pai que apareceu, vou voltar ao prumo, então estava dizendo que a morte de minha mãe era também um mistério, ela tinha se levantado à noite sob efeito do pesadelo, tinha caminhado até o rio Tchinuka, e, lá, tinha encenado detalhadamente uma cena bíblica, tinha caminhado sobre as águas cinzentas do Tchinuka como se estivesse indo se encontrar com meu pai no outro mundo, e depois as águas cinzentas do Tchinuka a tinham engolido em suas profundezas antes de jogá-la como um destroço à margem, antes de dizer-lhe que não queriam mais seu corpo esquelético nas profundezas das águas, e foi o pessoal da limpeza do bairro que tinha encontrado esse corpo desfigurado, comido aqui e acolá por esses horríveis peixinhos e outros peixes de caráter duvidoso que se entediavam no curso dessas ondas impuras, e o velório foi em nossa casa, em nosso terreno, o corpo de minha mãe estava exposto lá fora como exigem nossos costumes de Lubulu, e sobre isso posso dizer obrigado a Diabélica, ela cuidou muito bem de minha mãe, foi aliás ela quem fez circular o caderno de contribuições pelo bairro para que os habitantes nos ajudassem com essa tristeza, foi ela quem foi ao necrotério para identificar o corpo porque eu não gosto de ver cadáveres, foi ela quem coordenou o coro de mulheres feito no galpão de folhas de palmeira, e enquanto essas choronas competiam em cânticos fúnebres Diabélica caçava as moscas desagradáveis com patas carcomidas que procuravam uma aventura em volta dos restos de minha mãe, foi ela também quem supervisionou a lavagem do corpo porque não é para qualquer um lavar uma macabeia, foi ela ainda quem tinha enviado um comunicado necrológico à rádio para anunciar a morte de minha mãe, foi ela também quem tinha enviado um segundo comunicado para agradecer a todos os que nos tinham ajudado durante essa provação, e ao longo desses dias de tristeza Diabélica usava roupas pretas, o rosto pintado com caulim, fez questão de manter o jejum durante todo o enterro, andava de pés descalços, não penteava mais os cabelos, não olhava para os homens, não falava com eles, não dizia bom-dia a eles, era o costume, e posso concluir disso, honestamente, que ela era, desse ponto de vista, uma mulher a quem não posso censurar nada hoje em dia

   mas o que acontece é que Diabélica tinha sempre pensado que, sendo filho único, já órfão de pai, eu tinha me refugiado no álcool e esperava assim me vingar com o vinho tinto já que não podia beber toda a água cinzenta do rio Tchinuka para salvar a memória de minha mãe, juro que tinha querido reconstruir minha vida, remendá-la, colocar em ordens seus buracos, parar de abraçar as garrafas da Sovinco, mas era culpa minha se tinham me demitido como professor, juro também que eu gostava de ensinar, juro também que gostava de estar rodeado por meus aluninhos, juro também que gostava de ensinar-lhes a tabuada da multiplicação, juro também que gostava de ensinar-lhes os particípios passados conjugados com o auxiliar *avoir* e que concordam ou não concordam com o sujeito dependendo se é dia ou se é noite, se chove ou se não chove, e os pobrezinhos, boquiabertos, desamparados, às vezes revoltados, me perguntavam por que esse particípio passado concorda com o sujeito hoje às 16 horas enquanto ontem ao meio-dia antes do horário do almoço ele não concordava, e eu lhes dizia que o que era importante na língua francesa, não eram as regras mas sim as exceções, lhes dizia que quando eles tivessem entendido e absorvido todas as exceções dessa língua de humores meteorológicos as regras viriam sozinhas, seriam óbvias e eles poderiam até mesmo tirar sarro dessas regras, da estrutura da frase uma vez que tivessem crescido e compreendido que a língua francesa não é um grande rio tranquilo, é na verdade um rio a desviar

a bem ver, eu nunca me teria tornado professor, não tenho um diploma de ensino superior, não terminei a escola de formação dos professores, mas o diploma maquia com frequência as coisas da vida, as verdadeiras vocações aparecem normalmente por um conjunto de circunstâncias várias, não são sempre os meninos que grudam a bunda na carteira da escola que se tornam bons professores, e eu, no que me diz respeito, fui forçado a entrar nessa profissão, mal tinha terminado o segundo ano de estudos no colégio Kengué-Pauline, e o governo decretou que, como faltavam professores no país, todos os pobres tipos que tivessem o certificado de estudos primários deviam ir ensinar, e foi assim que coloquei meus pés tortos no ensino, foi assim que aprendi a profissão no campo de trabalho, mas na verdade me formei sozinho ainda que um careca vindo da capital política nos tenha dispensado dos cursos intensivos de pedagogia, esse tipo de óculos se achava intelectual, dizia que eu não tinha o dom, que eu falava e pronunciava mal o francês, que o governo tinha cometido um erro crasso deixando aos ignorantes de minha espécie o cuidado de mostrar às crianças o caminho da vida, foi desde essa época que comecei a odiar os intelectuais de todo tipo porque, com os intelectuais, é sempre assim, discute-se e não se propõe nada de concreto no fim, ou então se propõem discussões e mais discussões sem fim, e além disso citam outros intelectuais que disseram isso ou aquilo e que previram tudo, e depois olham só para o próprio umbigo, tratam os outros de idiotas, de cegos, como se não pudéssemos viver sem filosofar, o problema é que esses pseudointelectuais filosofam sem viver, não conhecem a vida, e esta segue seu curso frustrando suas previsões de Nostradamus medíocres, e se congratulam entre si, mas o que é curioso é que esse falsos intelectuais adoram os ternos, os óculos redondos e as gravatas porque um intelectual sem gravata é um cara nu, incapaz de pensar com segurança, mas eu, eu tenho orgulho de meu percurso, não devo isso a ninguém, me fiz sozinho, não sei nem mesmo dar nó em gravata, entretanto li tudo o que podia encontrar aqui e acolá, e depois entendi que ninguém nesta terra poderá ler tudo, não temos vida suficiente para ler tudo, e depois também percebi que podemos enumerar mais pessoas que falam de livros ruins do que pessoas que leem e falam de livros de verdade, e aqueles que falam de livros ruins são impiedosos com os outros, que fiquem se mostrando em outro lugar, não há só o umbigo deles na terra, não é problema meu, este caderno não é feito para dar lições, cada um cultiva seu jardim como pode

  eu via bem que queriam me tirar de meu cargo de professor, o álcool foi a desculpa, e então, só dois meses depois de minha demissão, quando o cadáver de minha mãe mal tinha acabado de apodrecer, Diabélica começou a ir dormir na casa de seus pais, deixando a casa sem uma única presença já que não tínhamos filhos, então os ladrões e os bandidos do bairro passaram lá, pegaram tudo, minha TV, meu rádio, minha mesa de jantar, minha cama e meus livros, e sobretudo meus romances de San-Antonio dos quais eu gostava muito mais do que desses livros que as pessoas que não vivem nos impuseram como unidade de medida intelectual, esses ladrões pegaram tudo, levaram até mesmo o último romance que eu estava lendo no momento, *Diário de um ladrão*, e tenho certeza de que pensaram que lá dentro achariam coisas para aprender a roubar bem sem se deixar capturar pela polícia, e Diabélica jogou tudo isso nas minhas costas, disse que eram meus amigos bêbados que roubavam nossas coisas, eu disse que meus amigos eram bêbados mas não ladrões, ela disse que eu estava acobertando-os, que eu era cúmplice deles, e depois foi embora de vez me deixando um pedaço de papel no qual tinha escrito, talvez à meia-noite, "vou embora", e quando virei o pedaço de papel vi que ela tinha acrescentado, ainda à meia-noite talvez, "aprender a terminar", eu não entendi nada desses telegramas, e a procurei em todo canto, nas ruelas do bairro Trezentos, no centro da cidade, nos velórios, e depois a vi passando um dia em frente ao O Crédito acabou, achava que estava sonhando, e corri atrás dela, lhe supliquei, lhe disse "era bom", e acrescentei "não posso viver sem você, se me deixar, estou perdido, volte para casa", mas ela manteve sua posição, me olhou dos pés à cabeça e disse "você já está perdido, não mudará mais, deixe-me em paz, pobre vagabundo"

      comecei a ser um dos clientes mais fiéis do O Crédito acabou no ano em que me erradicaram do ensino, comecei a consolidar minha relação com Escargô cabeçudo, me tornei um móvel da casa a ponto de o patrão ter me dito "sabe, Copo Quebrado, se você fosse um pouco mais lúcido, eu teria te contratado como garçom aqui", e eu respondi que eu era lúcido e que se ele duvidava de minha lucidez bastava me perguntar a tabuada da multiplicação, e ele disse "não, Copo Quebrado, os negócios não é uma questão de tabuada da multiplicação, é uma questão de lucidez", e eu disse que era lúcido, ele riu, e bebemos juntos, e rimos ainda mais, eu ia sempre até a árvore sob a qual eu mijava enquanto lhe contava minha lenda da errância, e a árvore chorava me escutando porque, seja lá o que digam, as árvores também versam lágrimas, e acontecia então de eu insultar Diabélica diante dessa árvore, insultava também sua mãe que tem um olho menor do que o outro, insultava também seu pai que tem um pé torto e uma hérnia entre as pernas, e nesses momentos difíceis só essa árvore me compreendia, remexia então seus galhos em sinal de entendimento e me dizia baixinho que eu era um pobre tipo gentil, que era a sociedade que não me compreendia e, então, entre nós se estabeleceram longas conversas como diria um Negro a seu almirante a quem leva água e café, eu prometia a minha amiga folhuda que me reencarnaria em árvore quando Deus me chamasse

   totalmente habituado, eu não saía mais do *O Crédito acabou*, passava a noite lá, quer chovesse quer ventasse, não saía desse lugar de adoção, não me imaginava em outro lugar, e então, no meio da noite, adormecia sobre a banqueta depois de ter comido uns espetinhos que uma velha Beninense vendia na porta do bar bem antes do reinado de nossa Cantora careca, Mama Mfoa, a vida era bela, é imprescindível que eu anote aqui de maneira legível que tenho orgulho desses momentos do passado, que não venham me dizer que eu estava na pior, que eu me entediava, que lamentava a partida de Diabélica, que escondia amargura, que iria escrever uma carta ao amigo que não salvou minha vida, que iria exigir por causa de meu sofrimento um protocolo compassional

   ouvi dizer, não faz muito tempo, que Diabélica vivia com um bom marido e que tinham filhos, estou me lixando, os bons maridos não existem, eu era o homem de que ela precisava, os outros são apenas pobre aproveitadores, pobres mentirosos que vão abusar dela até cansá-la, não estou com ciúme ainda que não tenha trepado desde então, tenho consciência de que minha vida sexual, é um pouco como o deserto dos Tártaros, não há nada adiante, nada atrás, só há sombras de mulheres que falam comigo, na verdade sou um homem com desejo de amor distante, não contem comigo para lhes falar do amor e outros demônios, felizmente nessa época de tristeza me restava o amor que eu tinha pelas garrafas, e apenas as garrafas me entendiam, me estendiam os braços, e quando me encontrava nesse bar que ainda amo e que amarei sempre, eu olhava, observava, armazenava os fatos e os gestos de todo mundo, é por isso que é preciso explicar com mais detalhes o porquê deste caderno, sim, especificar em quais circunstâncias e como Escargô cabeçudo me forçou ao me propor de escrever, testemunhar, perpetuar a memória deste ambiente

      na verdade Escargô cabeçudo me chamou de lado um dia e me disse com um ar de confidência "Copo Quebrado, vou te confessar um negócio que me incomoda, na realidade penso já faz tempo em uma coisa importante, você deveria escrever, quero dizer, escrever um livro", e eu, um pouco surpreso, disse "um livro sobre o quê", e ele respondeu me mostrando com o dedo a varanda do *O Crédito acabou* antes de murmurar "um livro que falasse sobre nós aqui, um livro que falasse deste lugar único no mundo se não levarmos em conta *A Catedral* de New-Ball, nos Camarões", e eu ri, pensei que ele pensava alguma coisa por trás disso, que era uma grande armadilha, ele disse "não ria, estou falando sério quando digo isso, você deve escrever, eu sei que consegue", e então, vendo seu olhar sério, entendi que não era uma brincadeira barata, e repliquei "mas é você o patrão, você está em uma posição melhor para contar sobre o que se passa aqui, eu não sei por onde começar", e ele me serviu uma taça antes de contra-atacar "acredite em mim, eu tentei várias vezes eu mesmo, mas nada fica bom porque não tenho o verme da solidão que come os que escrevem, já você tem esse verme em si, isso se vê quando discutimos literatura, você fica de repente com os olhos brilhando e os lamentos voltam à superfície dos pensamentos, mas não é no entanto frustração, também não é amargura, porque sei que você é tudo menos um cara frustrado, um cara amargo, você não tem nada a lamentar, meu velho", mantive o silêncio, e ele prosseguiu seu discurso "sabe, me lembro de uma de nossas conversas em que você me falava de um escritor famoso que bebia como uma esponja, qual é mesmo seu nome", eu não respondi, e ele encadeou "pois bem, desde nossa conversa, tenho pensado que talvez se você começou a beber foi para seguir o exemplo desse escritor cujo nome me escapa, e quando te vejo hoje, penso que tem jeito para isso, além do mais você tira sarro da vida porque estima que pode inventar várias outras e que você mesmo não passa de um personagem no grande livro dessa existência de merda, você é um escritor, sei disso, o sinto, você bebe por isso, você não é deste mundo, tem dias em que tenho a impressão de que você dialoga com caras como Proust ou Hemingway, caras como Labou Tansi ou Mongo Beti, sei disso, então liberte-se, não estamos nunca velhos para escrever", e o vi pela primeira vez beber de um só trago seu copo quando normalmente bebe só meio copo, disse com um ar marcial "Copo Quebrado, libere para mim esta raiva que está em você, exploda, vomite, cuspa, tussa ou ejacule, estou me lixando, mas escreva alguma coisa sobre este bar, sobre estes rapazes daqui, e sobretudo sobre você mesmo", essas palavras me fizeram fechar o bico por um momento, quase derramei lágrimas, não me lembrava mais de qual escritor bêbado tínhamos falado, de toda maneira havia vários que bebiam, há uns que bebem até morrer entre os contemporâneos, que jeito é esse que Escargô cabeçudo tinha de penetrar na minha consciência nesse dia aí, hein, e então, para me defender, disse e redisse "não sou escritor, eu, e depois isso interessaria a quem, a vida das pessoas ou a minha própria, isso não é interessante, não tenho o que colocar no caderno", ele argumentou logo "não estamos nem aí, Copo Quebrado, você deve escrever, interessa a mim, para começar", e eu estava orgulhoso que ele pedisse isso a mim, no fundo a ideia começou a invadir minha cabeça a partir desse momento aí e, sob efeito das taças de tinto que eu tinha bebido sem parar, expliquei a Escargô cabeçudo o que era minha verdadeira visão sobre a escrita, era simples para mim me exprimir porque é fácil falar sobre escrita quando não escrevemos nada como eu, e lhe disse que neste país de merda todos se dizem agora escritores sendo que não há nem mesmo vida por trás das palavras que escrevem, também lhe disse que cheguei a ver na televisão de um bar na avenida da Independência alguns desses escritores que usam gravatas, jaquetas, echarpes vermelho-elétrico, às vezes óculos redondos, que fumam também cachimbos ou cigarros para fazer bonito, estilo burguês, esses escritores que tiram fotos com ar daqueles que têm sua obra atrás de si, e querem que todos falem apenas sobre seus umbigos gordos como uma laranja mecânica, há até uns dentre eles que fingem ser escritores malamados, convencidos eles mesmos de seu talento quando na verdade só escreveram bosta de pardal, são paranoicos, amargos, ciumentos, invejosos, acham que existe um golpe de Estado permanente contra eles, e ameaçam até mesmo que se um dia lhe atribuírem o prêmio Nobel de literatura eles vão categoricamente recusá-lo porque não têm as mãos sujas, porque o Nobel de literatura é uma engrenagem, é uma barreira, é a morte na alma, os dados já estão sempre lançados a ponto de nos perguntarmos mesmo o que é a literatura, e então esses escritores de merda recusariam o Nobel para manter o caminho da liberdade, eu, eu espero para ver isso com meus próprios olhos, e também disse a Escargô cabeçudo que se eu fosse escritor pediria a Deus que me cobrisse de humildade, para me dar força para relativizar o que escrevo em relação ao que os gigantes desse mundo puseram no papel, e então eu aplaudiria o talento, não abriria o bico diante da mediocridade ambiente, é só a esse preço que escreveria coisas que se parecem com a vida, mas as diria com palavras minhas, palavras tortas, desconexas, palavras sem pé nem cabeça, escreveria do jeito que as palavras me viessem, começaria desajeitadamente e terminaria desajeitadamente assim como tinha começado, não daria a mínima para a razão pura, para o método, para a fonética, para a prosa, e na minha língua de merda aquilo que se concebesse bem não se enunciaria claramente, e as palavras para dizê-lo não viriam facilmente, seria então a escrita ou a vida, é isso, e eu gostaria sobretudo que ao me ler dissessem "o que é essa bagunça, essa confusão, essa desordem, esse conglomerado de barbarismos, esse império dos signos, essa falação, essa queda às profundezas das belas artes, o que é esse carcarejar de galinheiro, será que esse negócio é sério, começa aliás por onde, termina onde, que bagunça", e eu responderia com malícia "essa bagunça é a vida, entrem então em minha caverna, tem podridão, tem lixo, é assim que concebo a vida, a ficção de vocês é um projeto de gente medíocre para contentar outros medíocres, tanto é que os personagens de seus livros não entenderão como nós outros ganhamos nosso pão de cada noite, não será literatura mas sim masturbação intelectual, vocês se entendem entre si como os asnos que se esfregam uns aos outros", eu disse a Escargô cabeçudo em conclusão que infelizmente eu não era escritor, que não podia sê-lo, que só ficava observando e conversando com as garrafas, com minha árvore ao pé da qual gostava de mijar e a quem tinha prometido me reencarnar em vegetal para viver perto dela, e consequentemente eu preferia deixar a escrita aos dotados e superdotados, àqueles que eu gostava de ler quando ainda lia simplesmente para me formar, lhe disse que deixava a escrita àqueles que cantam a alegria de viver, aos que lutam, sonham sem parar com a extensão do domínio da luta, aos que criam cerimônias para dançar *polka*, aos que podem espantar os deuses, aos que se debatem na desgraça, aos que vão com segurança à idade viril, aos que inventam um sonho útil, aos que cantam o país sem sombra, aos que vivem em trânsito em um canto da terra, aos que olham o mundo através de uma fresta, aos que, como meu defunto pai, escutam *jazz* bebendo vinho de palma, aos que sabem descrever um verão africano, aos que relatam bodas bárbaras, aos que meditam lá longe, no topo mágico do rochedo de Tânios, lhe disse que deixaria a escrita aos que lembram que sol demais mata o amor, aos que profetizam as lágrimas do homem branco, a África fantasma, a inocência do menino negro, lhe disse que deixaria a escrita aos que podem construir uma cidade com cachorros, aos que edificam uma casa verde como a do Impressor ou uma casa à beira das lágrimas para abrigar personagens humildes, sem moradia fixa, personagens que sentem a compaixão das pedras, e então lhe disse que deixava a essas pessoas a escrita, tanto pior para os agitadores, para os poetas de domingo à tarde com seus versos duplos nos quartetos, tanto pior para os atiradores senegalenses nostálgicos que atiram a torto e a direito a fibra da militância, e esses caras não querem que um Negro fale das bétulas, da pedra, da poeira, do inverno, da neve, da rosa ou simplesmente da beleza pela beleza, tanto pior para os epígonos integristas que brotam como cogumelos, e eles são muitos, são eles os que engarrafam as estradas das letras, os que profanam a pureza do universo, e são estes aí que poluem realmente a literatura de nosso tempo

quando expliquei tudo isso a Escargô cabeçudo, ele ficou sem voz, achou que eu estava bravo com alguém em particular ou que delirava, e me perguntou de quem eu estava falando desse jeito, quis que eu citasse nomes, mas eu nem respondi, apenas sorri olhando para o céu, e ele insistiu de verdade para saber se eu estava com raiva, eu disse que não, por que estaria eu com raiva, não tinha nenhum motivo para estar com raiva, eu apenas colocava as coisas em seu lugar, apenas separava o que considerava uma merda daquilo que me parecia digno de aplausos, e foi nesse dia que ele me deu um caderno de anotações e um lápis dizendo "se você mudar de ideia, pode ainda escrever aí dentro, é teu caderno, estou te dando, sei que vai escrever, escreva assim como as coisas vierem à mente, tipo o que você acabou de me dizer agora há pouco sobre os verdadeiros e os falsos escritores que engarrafam as estradas da literatura, mas também sobre os que recusarão o Nobel, sobre os integristas e os poetas de domingo, sobre os atiradores senegaleses nostálgicos, sobre os escritores de terno que você viu na televisão em um bar da avenida da Independência, tudo isso é bom, você pode acrescentar alguma coisa além disso, procurar um jeito de me embalar quando eu for te ler, sim eu quero ler isso aí dentro, não entendi muito bem aonde você queria chegar, mas acho ainda assim que é preciso colocar aí dentro tudo isso que você acabou de me dizer", e desde então, para lhe agradar, anoto aqui dentro minhas histórias, minhas impressões sem filtro, e às vezes também o faço para meu próprio prazer, e é quando me abandono, é quando esqueço que uma missão me foi confiada que me sinto realmente em meu lugar já que posso saltar, brincar, falar com um leitor diferente de Escargô cabeçudo, um leitor que não conheço, é preciso esperar tudo, e Escargô cabeçudo me disse ainda uma vez "prometo não ler o que você escrever enquanto não tiver colocado o ponto final", este caderno está à minha disposição a todo momento, tem dias em que peço a Mompéro ou a Dengaki "traga-me duas garrafas de tinto e meu caderno", e me trazem minhas duas garrafas e o caderno, eu bebo, rabisco um pouco, observo, digamos que até agora fui um homem feliz desse jeito, um homem livre, mas fico um pouco com o coração nas mãos quando penso que não vou mais rabiscar neste caderno, que não colocarei mais os pés aqui nos próximos dias, então é preciso que eu olhe um pouco o que já escrevi até o momento e que não esqueça de terminar meu frango "bicicleta" que acabou esfriando porque realmente demorei para retomar minha própria existência em vez de comer, mas acho que foi necessário, vou então reservar um tempo para fazer uma boquinha, tenho um buraco enorme na barriga, apesar de não parecer

Alain Mabanckou

pude enfim comer meu frango "bicicleta", e agora será preciso que eu vá levar o prato para a Cantora careca do outro lado da avenida da Independência, mas vou antes esvaziar esta taça de tinto, vai me tomar apenas alguns segundos, de qualquer maneira o tempo não importa, vejo que O Impressor ainda está lá, vejo também que está rodeado por pessoas que folheiam o último *Paris-Match*, estou cagando para isso, não tem nada a ver comigo, tenho mais o que fazer, e me levanto então, me preparo para atravessar a avenida da Independência, vou chegar lá, não há nenhum carro passando dos dois lados, a não ser que eu tenha ficado cego, também não há motos passando, também não há riquixás à vista, e pronto, está feito, acabo de chegar aqui, posso gritar vitória, não estava garantido de antemão, então atravessei esta avenida e vejo a Cantora careca, ela me vê vindo em sua direção, sorri, sempre sorri, estou diante dela, ela ainda sorri e me lança "ei, Copo Quebrado, você demorou para comer hoje, não estava com fome ou o quê, hein, além disso você vai cair duro no chão do jeito que estou te vendo, uooooU, quantos litros têm na tua barriga assim, papai", e eu, eu disse que ainda não bebi, que desde hoje cedo não bebo uma só gota de álcool, e dou risada ao contar essa mentira grosseira, como uma residência secundária de um ditador africano, mas sei que ela não acredita nisso já que me diz "será que você já viu um bebum dizer que bebeu, hein, nunca na vida, papai, tem aliás uma música que diz 'momeli ya massanga andimaka kuititi té mama'", eu nunca escutei essa música, ela me diz que é uma música da orquestra Todo-Poderosa OK Jazz, um grupo mítico do país vizinho, não conheço muito a música desse país aí, talvez algumas melodias dos grupos Zaiko Langa Langa e Afrisa International, só isso, e passo às confissões "bom, Mama Mfoa, realmente só bebi uma tacinha, uma tacinha de nada, só isso, juro", a Cantora careca me olha de repente com compaixão, nunca a vi olhar com esse ar sério desde que a conheço, ela aquiesce com a cabeça e murmura "eu te disse para parar de beber, Copo Quebrado, você vai morrer com uma garrafa na mão, papai, nós gostamos muito de você no bairro", e eu não sei o que lhe responder de imediato, então digo sem pensar "te faço uma confidência, paro hoje à meia-noite, juro, prometo, Mama Mfoa, e não colocarei mais os pés aqui", eu também queria bastante lhe revelar que se vou parar de beber não é por medo da morte não, não tenho medo de morrer com uma garrafa na mão, no fundo é uma bela morte, é o que chamamos de morrer com a arma na mão, porque é preciso estar preparado para tudo quando migrarmos para o inferno ou para o paraíso, e lá tudo dependerá da porta estreita que cada um de nós transporá, alguns sem dúvida se confundirão de porta de entrada, no paraíso o negócio é sério, lá parece que há nuvens muito brancas, anjos com memória de elefante e que querem que você confirme quantas vezes leu a Bíblia de Jerusalém, quantas velhinhas ajudou a atravessar a avenida da Independência, quais igrejas frequentou na terra, então não tem jeito de beber lá porque é uma grande prova oral, então é proibido beber no paraíso, digamos que é um pouco a mesma coisa no inferno onde será igualmente difícil tomar um gole de vinho pois, entre duas labaredas, o diabo nos esperará com um tridente cortante, e se lhe pedirmos uma gota de vinho ele se irritará, gritará "o que, o que é que está me pedindo, imbecil, você não bebeu o suficiente na terra para vir nos encher o saco até aqui no purgatório, hein, era preciso te levar ao paraíso, um pouco mais longe, passando por essa montanhas de nuvens cinza, tanto pior para você, devia ter bebido lá embaixo quando te demos a ocasião, aqui é o veredito sem vias de recurso, aqui são as chamas que governam em seu crepitar apocalíptico, é a incineração e ponto final, não bebemos álcool aqui, nos servimos dele para acender e manter as chamas, vamos venha é sua vez de chamuscar, pobre imbecil que acreditava que o inferno eram os outros"

ainda assim preciso lembrar-lhes, não sou maldoso, também não sou histérico ou algo do gênero, ah não, nunca permitirei a quem quer que seja me tratar assim ainda que eu vá jogar a tolha à meia-noite em ponto, sou um homem sensato, se não por que aqueles que dizem não serem uns bêbados são incapazes de decorar a tabuada da multiplicação, hein, multiplicar os números por dois até vai, mas a coisa começa a complicar quando chegamos à multiplicação por 9, depois com os decimais e toda aquela confusão, eu sou aquele que resiste à tentação de contar com os dedos ou com palitos, quero dizer que nunca vi uma calculadora, então estou me lixando para os matemáticos modernos, a vida para mim é a bebida e a tabuada da multiplicação, assim como a vida para meu pai era o *jazz* e o vinho de palma, os Coltrane, os Monk, os Davis, os Bechet e outros Negros no trompete e clarinete, o próprio Deus nos disse para nos multiplicarmos, por outro lado Ele não especificou em quantos nós deveríamos nos multiplicar, mas nos lembrou de que deveríamos nos multiplicar, gosto bastante da multiplicação ainda que tenha sempre preferido a geografia ou a literatura, é verdade que não poderia ter ido longe com a literatura se tivesse estudado por mais tempo, isso não leva a lugar nenhum, a literatura, a geografia ainda pode ser útil já que ela teria permitido que eu viajasse pelo mundo, eu teria estudado longa e profundamente os grandes rios, o rio Congo, o rio Amur, o Yangtzé ou o Amazonas, mas eu nunca vi esses rios com meus próprios olhos, o único rio que conheço é totalmente vermelho e fica dentro de uma garrafa, esse rio cor púrpura é tão abundante quanto os que acabei de citar, e quando penso nos litros de vinho que bebi nos últimos vinte anos, se isso não é um grande rio tranquilo, então não sei mais onde o mundo vai parar, bom não vou começar a relembrar coisas hidrográficas agora, a água é um elemento perigoso, e ainda tenho raiva quando me dou conta de que minha mãe teve de engolir água antes de entregar a alma, sem ter tempo de dizer "nosso pai que está nos Céus"

posso no entanto anotar nesta página que, sem me vangloriar, de uma maneira ou de outra, eu viajei pelo mundo, não gostaria que me vissem como um tipo que ignora as coisas que se passam fora de sua terra natal, não aceitaria tal redução, não é o vinho que absorvo que me faria esquecer o que fiz ao longo de minha juventude, digamos que viajei na verdade sem sair de meu cantinho natal, fiz o que poderia chamar de viagem em literatura, cada página de livro que eu abria ressoava como uma remada no meio de um rio, eu não encontrava então nenhuma fronteira durante minhas odisseias, não tinha então necessidade de apresentar um passaporte, escolhia um destino ao acaso, levando para bem longe meus preconceitos, e me recebiam de braços abertos em um lugar repleto de personagens, uns mais estranhos do que os outros, será que foi por acaso que essa viagem começou pela história em quadrinhos, hein, não tenho certeza, na verdade me vi um dia em uma vila gaulesa com Asterix e Obelix, depois em Far West com Lucky Luke que atirava mais rápido do que sua sombra e, algum tempo depois, me espantava inclusive com as aventuras de Tintim, com sua habilidade em despistar as emboscadas, com seu cachorrinho Milu, um canídeo inteligente e sempre pronto para ajudar seu mestre em caso de força maior, e cachorros como ele não são vistos aqui no bairro Trezentos, os cachorros daqui só se preocupam com ossos que podem roer no meio dos aterros públicos, são incapazes de pensar, e depois havia esse personagem de Zembla que me fazia mergulhar na selva, assim como o musculoso Tarzan que saltava de cipó em cipó, havia também o amigo Zorro que manejava com destreza sua espada enquanto o invejoso Iznogoud queria ser califa no lugar do califa, me lembrarei para sempre de minha primeira travessia em um país da África, era a Guiné, eu era o menino negro, estava fascinado pelo trabalho dos ferreiros, intrigado pelo rastejar de uma serpente mística que engolia uma flauta que eu achava realmente que estava em minhas mãos, e muito rápido eu voltava ao país natal, provava as frutas doces da árvore-do-pão, morava em um quarto do hotel *Vida e meia* que não existe mais hoje em dia e onde, toda noite, entre *jazz* e vinho de palma, meu pai teria exultado de alegria, e me esquentava no fogo das origens, entretanto era preciso partir logo, não me enclausurar no calor da terra natal, percorrer o resto do continente para escutar as elegias grandiosas, os cantos das sombras, era preciso atravessar cidades cruéis na esperança de encontrar um último sobrevivente da caravana, era preciso realmente partir, subir em direção ao norte do continente, viver a maior das solidões, ver o rio desviado, morar na grande casa iluminada por um verão africano, sair então do continente, descobrir outras terras quentes, penetrar na vila de Macondo, viver lá cem anos de solidão, de aventuras, de descobertas, e lá se deixar encantar pela magia de um personagem de nome Melquíades, se deixar fascinar pelos contos de amor, de loucura e de morte, passar discretamente pelo túnel que leva ao conhecimento dos sentimentos humanos, era preciso antes abrir a casa verde, ir em seguida à Índia escutar o sábio Tagore salmodiar seu *Gora*, era preciso varrer o continente europeu tão caro ao nosso amigo O Impressor, eu o estrangeiro, eu o revoltado, eu o homem aproximativo, eu estava logo atrás de um tipo que chamávamos de doutor Jivago e que andava na neve, era a primeira vez que eu via com o que se parecia a neve, e tinha esse outro velho em exílio em Guernsey, esse antepassado com o rosto cheio de rugas me dava dó, ele não parava de escrever, de desenhar umas coisas com tinta nanquim, era incansável, os olhos com olheiras, ele nem sequer me escutou vindo, eu lia por cima de seu ombro as punições que anotava em seu caderno e que prometia submeter ao monarca que o perseguia, o impedia de fechar os olhos e o qual tinha apelidado de *Napoleão, o Pequeno*, eu invejava os cabelos grisalhos desse tipo que não era qualquer um, invejava a barba abundante de patriarca desse homem que tinha atravessado o século, parece até que desde sua infância ele tinha dito "eu serei Chateaubriand ou nada", e eu, eu admirava seu olhar imóvel que já tinha reparado em um velho livro da coleção Lagarde e Michard que me servia de manual escolar no tempo em que eu era ainda um homem igual aos outros, e me vi em sua casa, na rua des Feuillantines, tinha atravessado o jardim e me escondido em um roseiral, era lá que espiava este avô rebelde e mulherengo, ele tinha as costas curvas, o nariz mergulhado em suas anotações espalhadas as quais rasurava nervosamente, às vezes parava de escrever poemas e começava a desenhar enforcados, eu estava a alguns passos de sua casa, e o vi levantando com dificuldade, extenuado pelo trabalho, ele queria sair, andar um pouco, aquela história de esticar as pernas, eu desaparecia, com medo de cruzar seu olhar, saía desse lugar, e, voltando ao bairro Trezentos, ia com frequência em direção ao oceano Atlântico para mendigar algumas sardinhas aos pescadores bieninenses até o dia em que achei ter visto um albatroz, esse pássaro desajeitado tinha asas pesadas devido à errância perpétua logo acima da ira das ondas, seu voo desenhava os contornos dos territórios que tinha visitado ou dos navios que tinha seguido, e de repente, perto das cabanas dos pescadores, vi um velho homem magro e seco que me diz com uma voz rouca "jovem homem, me apresento, me chamo Santiago, sou um pescador, minha barca está sempre vazia, mas eu amo a pesca", e esse

Santiago estava acompanhado por um menino triste de vê-lo toda noite voltar para casa com uma barca vazia, mas era preciso partir, era preciso me afastar, e sempre viajei assim, sempre em busca de não sei o quê, hoje não tenho mais a resistência de antigamente, a energia se enfraqueceu ao longo dos anos, e me deixo levar como uma imundice que segue o curso de um rio desviado

a última vez, acho que foi no dia em que disse que estava descansando um pouco, que tinha parado de escrever por um tempo, e antes de sair de nosso bar eu vi chegando o caminhão Saviem que entrega vinho tinto, vi as caixas de vinho tinto que formavam uma montanha inimaginável, ao mesmo tempo havia umas crianças terríveis circulando ali em volta, e eu pensei que este país está realmente na merda completa, eis que crianças terríveis circulam agora ao redor de caixas de vinho, e depois um cara as espantou dessa riqueza preciosa, lhes disse que o vinho não era para crianças terríveis, que elas deviam esperar até a maioridade e que, por enquanto, deviam se contentar com suco de toranja, com leite Guigoz ou o do Bebê Holandês ou Blédilac e com brinquedos apropriados a sua idade miúda, e as crianças terríveis foram embora furiosas, então comecei a sonhar, a me perguntar qual desses milhares de garrafas tomariam em primeiro lugar o caminho tortuoso de minha garganta enquanto o abastecedor descarregava tudo isso com um desprendimento que me horripilava, o tipo mostrava na verdade pouco respeito pelas garrafas a quem ele deve seu pão de cada dia e de cada noite, eu tinha pena das pobres garrafas, elas se batiam umas nas outras, se esbarravam, se davam pontapés mas se mantinham em pé nas caixas, e o abastecedor empilhava tudo isso ao meu lado, peguei uma garrafa qualquer fazendo sinal a Escargô cabeçudo de que pagaria daqui a pouco e não amanhã, ele disse "não tem problema não, Copo Quebrado, se é você eu não tenho com o que me inquietar, se são os outros, eu lhes respondo que o crédito morreu, acabou faz tempo", e é isso a amizade, a grande amizade entre mim e Escargô cabeçudo

   e então eu estava sentado tranquilamente no dia dessa entrega no *O Crédito acabou*, de repente o tipo que usa quatro camadas grossas de Pampers na bunda apareceu com seu nariz vermelho um pouco como o do palhaço Zapatta, tinha saído de não sei onde, da caixa de Pandora sem dúvida, mas estava lá diante de mim, tinha a respiração um pouco ofegante, os cabelos em pé, a pele coberta de pó como um candidato a uma sessão de vodu, só estava calçado em um pé, uma baba escorria de sua boca como se tivesse falado muito durante o dia, não era mais aquele que eu conhecia, era um outro homem, eu não quis na hora olhá-lo com seu ar de pobre infeliz de quem acabamos de tirar uma mexerica das mãos, não, não quis olhá-lo porque ele me dava a impressão de ser um homem assombrado pelo sonho de uma foto de infância, além disso tinham todas essas moscas que corriam atrás de seu traseiro, e ele se jogou em minha direção como se tivesse sonhado comigo, como se fosse eu quem ele tinha vindo ver especialmente, e ficou plantado na minha frente, fixo como uma estátua de sal, e eu enfim pus meus olhos nele, o achava bizarro, realmente muito bizarro dessa vez, poderíamos imaginar que ele tinha de resolver a quadratura do círculo e que tinha vindo solicitar minha ajuda, foi um pouco tudo isso que sem dúvida me levou a acelerar minha aposentadoria o mais rápido possível, e então o tipo de Pampers se

Alain Mabanckou

sentou ao meu lado sem dizer uma palavra, se sentou como um zumbi vindo do país sem chapéu, eu não disse nada, "você está onde no teu caderno, você contou direitinho a minha história" me perguntou ele, eu fiz sim com a cabeça, mas ele continuou incrédulo, olhando para meu caderno que logo fechei, e começou a me contar de novo sua história com a mulher, essa história de mudança de fechadura, de bombeiros, de policiais, sobretudo da policial de nacionalidade feminina que o tinha algemado, eu o escutava só com um ouvido porque já tinha contado tudo sobre ele, porque os velhos discos me cansam além de tudo, ele me disse "você me escuta ou não, Copo Quebrado, estou falando com você, merda", eu respondi "é claro que te escuto, cara, é triste tua história, você é um batalhador, admiro tua coragem, não é todo mundo que tem tua coragem", ele disse "mas por que não anota então o que te digo agora, hein, você me diz palavras boas, faz isso para me consolar, eu sei, faz isso para me consolar, na verdade você não tem nada para embelezar minha história, não tem nada para embelezar a ruína quase cômica de uma marionete, te digo que em casa era eu quem pagava tudo, a eletricidade, a água, o aluguel, e você não acredita em mim, hein, diga-me pelo menos se acredita em mim, merda, diga-me alguma coisa pelo menos, Copo Quebrado", eu respondi "cara, tua história me interessa, nunca tiraria sarro de você, acredite em mim", e ele disse "então o que é que pensa sobre isso, o que é que diz sobre minha história louca, hein, o que é que pensa sobre isso, diga francamente, acha que sou um imbecil tal qual me veem neste momento, acha que realmente pareço uma marionete", eu respondi "temos a vida diante de nós, você sabe, ainda que tua mulher tenha sido maldosa e ainda que ela trepe até hoje com o guru dessa seita maldita, temos a vida diante de nós", e ele se sobressaltou como se eu tivesse acabado de machucá-lo ou insultá-lo "o que é que está me contando agora, Copo Quebrado, hein", achei que ele ia avançar em mim, e então disse tranquilamente "queria só lembrar que tua mulher é uma feiticeira, a esqueça, é um assunto encerrado, você não é idiota, não parece uma marionete, é um cara sensível, generoso, aberto, as palavras me faltam até mesmo para dizer quem você é, mas você é um homem bom", mas era como se eu tivesse jogado óleo no fogo, o tipo disse elevando de repente a voz "ah não, Copo Quebrado, ah não, não permitirei jamais que insulte minha ex-mulher desse jeito, por que diz que ela é feiticeira, por que diz que ela transa com o guru lá que aparece na tevê, por que diz que ela é má, se diz isso, quer dizer então que não entendeu nada do que te contei da outra vez, quero ler este teu caderno agora, estava duvidando disso, você me decepciona, Copo Quebrado, realmente me decepciona", e eu não entendia mais nada, esse tipo me cansava agora, eis que defende uma mulher que o colocou para fora, uma mulher que o mandou para a prisão, uma mulher que tinha feito seu traseiro ficar remexendo eternamente, eu lhe disse então com uma voz de conciliação "eu achava que você tinha raiva de tua mulher, então você a ama é isso" e ele foi ainda mais longe "é claro que a amo, o que é que você acha, por que diz que é um assunto encerrado, hein, ainda a amo, e olha que a partir de hoje voltarei a ser um homem como os outros, minha bunda vai secar, não usarei mais fraldas, e irei reconquistar minha mulher, nós viveremos um novo romance sem tantã, lhe escreverei poemas que falam do lírio e do flamboaiã, a levarei para visitar Kinshasa, na outra margem do rio, temos de qualquer maneira seis filhos juntos, vejamos, não é uma história qualquer, eu confiei em você, te falei sobre minha vida, e você, você tira sarro de mim, fala de assunto encerrado, sei que no fundo tá rindo de mim, me dê este caderno, vou lê-lo, se você não me der isso vai acabar mal entre nós, aliás é preciso que apague tudo o que escreveu sobre mim, não quero não que as pessoas saibam de minha história", e eu não sabia mais o que lhe dizer, precisava encontrar alguma coisa, descontrair a atmosfera, e sussurrei "cara, estou contente de te ouvir falar assim, em todo o caso te apoio completamente, acredite em mim, não sou eu que vou rir da tua cara", ele não concordou, atacou de novo "ah não, Copo Quebrado, você não está sendo sincero quando diz isso, não é sincero, nadinha de nada, dá para sentir, não faça isso comigo, não finja, você vai me irritar, isso vai acabar mal entre nós, acredite em mim, me dê este caderno", me levantei, coloquei meu caderno na banqueta e me sentei em cima, assim ele não podia arrancá-lo à força de mim, eu estava surpreso, chocado, não conseguia imaginar que era esse tipo que falava comigo desse jeito, e lhe disse "o que é que está acontecendo, meu rapaz, será que tem algum problema entre nós dois, hein", e então, como ele começou realmente a mais do que me cansar, comecei a usar meu arsenal de guerra, meu armamento pesado "quer realmente que eu te diga, seu idiota, eu queria que os caras da prisão de Makala te arruinassem mais e mais o traseiro, que metessem em você até a garganta", lancei assim de nervoso, ele respondeu logo "e você, você acha então que não conheço tua própria história, hein, sim eu sei tudo, espero que tenha coragem de anotá-la em teu caderno porque é muito fácil falar dos outros e não falar de si mesmo, eu sei quem você é, você é um hipócrita, um verdadeiro hipócrita, não passa de um ridículo, um cara perdido que acha que é sábio aqui, na verdade você não é nada, nadinha de nada", ele disse isso, aí ele estava forçando pouco a pouco o limite de minha tolerância, eu quis acalmar o jogo "meu querido, o que é que deu em você hoje, só quero o teu bem, vamos conversar como adultos", ele me deu uma banana com o braço e lançou "vá te catar, velho canalha, espécie de sapo da selva", então não tinha mais nada a fazer, nadinha de nada, e eu disse "cara, posso te fazer ser expulso daqui, será que você sabe que Escargô cabeçudo é meu amigo pessoal, hein", "ele também é meu amigo pessoal, ele é amigo pessoal de todo mundo", ele respondeu assim, antes de acrescentar com um ar de desdém "conheço tua história, Copo Quebrado, a conheço de A a Z, não é a mim que você pode enganar, não é você que mostrava a bunda às crianças quando ensinava, hein, e aliás tua mãe, vamos falar dela, sim tua mãe, ela não passava de uma bêbada do bairro, uma miserável que se afogou no Tchinuka, é isso, é você o pedófilo, não eu, é por isso que te expulsaram da escola dos Três Mártirs, é porque você sujava o vestiário da infância, é porque violava os brotos, é porque se aproveitava das crianças", esse tipo estava procurando briga, queria me ver fora de mim, como podia ele me chamar de pedófilo, eu, hein, como podia ele ousar sujar a memória de minha mãe, como podia ele ousar tratá-la de bêbada sendo que ela nem bebia, será que conhecia minha mãe, hein, a tinha visto ao menos uma vez, hein, minha mãe é minha mãe, ora para mim ela não está morta, ela está em mim, fala comigo, me guia, me protege, eu não podia deixar passar essa ofensa, esse desafio, quem ele achava que era, e eu, com o coração pesado, tremia, me senti com uma víbora na mão, murmurei a mim mesmo palavras ácidas do tipo "ó raiva, ó desespero, só vivi eu, então, para tanta vergonha", mas pouco importa, eu estava em um estado de cólera impossível, e lhe disse "saia então deste bar, espécie de macabeu ambulante, espécie de náufrago da península", e ele replicou "não sairei daqui, não é você o patrão, espécie de velho idiota, se aposente logo, tua hora chegou, dê lugar aos jovens", e então me levantei em dois tempos três movimentos como um casal que dança um tango do ódio, girei em volta de mim mesmo, peguei o tipo pelo colarinho de sua camisa de retalhos, minhas forças estavam voltando, as forças estavam em mim, eu ia rugir, latir, troar como o trovão, sacudi-lo como uma garrafa de Orangina vulgar, lhe mandei um soco de víbora na cara, ele não o previu, e as pessoas começaram a gritar, alguns a me dizer para quebrar bem a cara desse tipo de bunda molhada para sempre, e o tipo cagou nas fraldas porque, quando tenho uma víbora nas mãos desse jeito, me torno muito perigoso, foi minha mãe que me fez esse feitiço quando eu era bem pequeno, ela queria que eu fosse forte porque eu era filho único, não queria que as pessoas me agredissem na escola, então todos os caras que receberam meu soco de víbora sabem o quanto ele faz mal, o quanto isso os abate, e derrubei o tipo de Pampers, nós caímos no chão, rolamos na poeira até a beirada da avenida da Independência, não longe da Cantora careca, e acho que todo o bairro estava lá, os espectadores gritavam "Ali boma yé, Ali boma yé, Ali boma yé" porque era eu o Mohammed Ali, e ele o Goerge Foreman, eu voava como uma borboleta, picava como uma abelha, e ele era um legume, tinha pés chatos, dava chutes que eu via vindo e dos quais me esquivava com destreza, e quando nos estapeávamos um sobre o outro era eu quem ficava em cima porque o outro, era realmente um legume do mercado negro, eu lhe dava pontapés, cabeçadas, às vezes me machucava, mas ele aguentava, recebia uma chuva de chutes, eu não parava mais, e o tipo pensava até mesmo que estava cercado, que lutava contra cinco ou seis rapazes, e seu nariz sangrava, e ele pedia ajuda a sua mamãe, ele queria dar no pé, e eu o retinha, o balançava, o revirava, o mandava morder a poeira, e Escargô cabeçudo saiu do bar com um pano de prato sobre o ombro esquerdo, correu em nossa direção, afastou as pessoas "deixem-me passar, não tem nada aqui, saiam todos, estou dizendo", e a multidão manifestou reprovação porque o espetáculo de nosso infortúnio parecia agradar, Escargô cabeçudo nos separou, nos fez sentar ao redor de uma mesa e nos disse "o que é essa história de louco, vocês dois aí, não quero isso em meu estabelecimento, por que então estão se batendo como diabos, querem me causar mais problemas ou o quê, querem que retirem minha licença ou o quê, hein, merda, vocês são adultos e se comportam como crianças, nunca teve briga no *O Crédito acabou*, e depois as autoridades vão vir dizer que é uma bagunça aqui, e vão fechar meu estabelecimento, não quero essas idiotices aqui não, será que ficou claro, hein", e eu disse "juro que foi ele quem começou, eu não queria brigar", e ele disse "não, não é verdade não, juro que foi ele quem começou, foi esse velho Copo Quebrado, eu não queria lutar boxe, só queria que ele não escrevesse nada sobre minha vida", e eu disse "você não tem vergonha de mentir desse jeito, hein", e ele disse "é você o mentiroso, escreve qualquer coisa sobre as pessoas, se acha um escritor ou o quê, hein", e de novo quisemos sair na mão, foi aí que o patrão gritou "parem, lhes digo, merda, basta por hoje, não quero saber de nada disso, peguem estas duas garrafas e se reconciliem, deem as mão, rápido", e nós nos demos as mãos, e nos aplaudiram lá de fora onde as pessoas esperavam no entanto que a batalha continuasse, e todos nós bebemos com o tipo de Pampers, e esquecemos esse incidente, e eu peguei meu caderno que estava no chão para ir dar uma volta pelo bairro

      cada um com suas preocupações, mas o tipo de Pampers é realmente uma grande preocupação que nos pesa desde que o mundo é mundo, eu nunca provoco ninguém, lhe disse isso várias vezes, e foi aliás minha primeira briga aqui, é por isso que pensei que a hora de minha aposentadoria tinha chegado, eu era capaz de ir longe nessa briga, ainda tenho forças, não são uns idiotas como ele que podem atrapalhar o curso de minha existência, o império de minhas nuvens, continuarei digno tanto no palco quanto no céu, eu, o guardião das ruínas desse lugar, cada um com sua merda, esse tipo deve ter um quociente de inteligência controverso, pensava que eu não podia mais chutar o rabo de alguém só porque me tornei um objeto da antiguidade, e ele entendeu que um dinossauro continua sendo um dinossauro e que o tempo não tem nada a ver com isso, então desde essa briga resolvi não escutar mais sua história de merda, estava quase a retirando deste caderno, queimando as páginas consagradas a sua morte a crédito, mas pensei que seria interessante deixá-las aqui e narrar nossa pequena briga porque é sempre preciso apimentar as coisas para não fazer adormecer quem puder lê-las, mas esse tipo de Pampers, não falo mais com ele, adotei uma nova filosofia de vida, é simples, eficaz, na verdade decidi dizer a todos os pintores que eles têm talento, sem isso eles te mordem, mas já não sei mais quem disse estas belas palavras sábias, sem dúvida um tipo bom, um tipo muito sério que venerava sua defunta mãe e a achava uma bela do Senhor, então as fraldas Pampers, a fechadura trocada, a policial de nacionalidade feminina, os bombeiros piromaníacos, tudo isso não estou nem aí, que vá ao diabo este blá blá blá, não tenho mais nada a ver com isso, não o escutarei mais falar sobre isso doravante

Copo Quebrado

        acabo de perguntar as horas para um tipo bizarro que está
bebendo duas mesas para lá, nunca o vi aqui, o cara tem um livro
nas mãos, e o título está em inglês, eu, eu não falo essa língua, mas
posso ver na capa do livro um desenho de um cavalo rebelde, não
consigo ler daqui o título inteiro do livro, só leio as palavras *in the rye*,
o resto está tapado pelas mãos gordas do tipo, mas mesmo assim lhe
pergunto as horas, o tipo me observa, sorri como se me conhecesse,
me diz que são entre seis e seis e meia, e como não gosto desse tipo
de resposta vaga à alma, lhe digo "que jeito é esse de dar as horas, ou
são seis horas, ou são seis e meia", e ele me examina, me diz em voz
alta "vá então te catar, esponja velha, teus cabelos ficaram grisalhos
neste bar, você fede a merda, o que é que faz ainda aqui, deveria ir
ler os contos de Amadou Koumba ou de Mondo e outras histórias a
teus netos em vez de passar teus dias olhando as pessoas, anotando
sei lá o que neste caderno de merda", não pude responder na hora
porque visivelmente esse tipo estava procurando uma briga de amar

e matar, e eu pensei "outros tempos, outros modos, eis que lagartos vêm balançar a cabeça diante de um leão idoso que só pede respeito e consideração, eis que este mesmo leão idoso recebe pontapés de uma anta sarnenta", a ideia de fazer este metido fechar o bico me veio à mente, senti de novo uma víbora nas mãos como no dia em que me opus ao tipo de Pampers, mas para quê, há coisas mais importantes na vida, por que perder tempo com pessoas que leem livros em inglês, hein, mas a raiva me fez dizer-lhe duas palavrinhas, e eu pergunto "meu jovem, quem é você para falar assim comigo", ele toma um tempo para me considerar antes de dizer "sou novo aqui, me chamo Holden", e eu balanço a cabeça, penso que em outros tempos teria me interessado por esse tipo, ele iria se abrir, me contar a forma de funcionamento de sua vida de merda, as decepções de seu mundinho, porque ele vive em outra época, esse tipo, deve ainda achar que está na época do pós-guerra, mas não tenho mais vontade de ser o apanhador no campo dessa história transtornada, e esse tipo que se diz chamar Holden, ele é bizarro, tem jeito de ser um adolescente em crise sendo que deve ter pelo menos uns trinta anos ou algo assim, é gordinho, o rosto inchado, os sapatos esburacados, já soube como a lança do destino afetou o curso da vida dos clientes deste bar, e depois estou me lixando agora, não preciso mais escutar quem quer que seja, e desvio o olhar, mas o tipo não me larga, me diz "vou te fazer uma pergunta, a você, o sábio, a você, o mais velho", o tipo sabe além de tudo como me deixar curioso, fico pensando então que tipo de pergunta ele pode me fazer, imagino o pior, e ele faz a pergunta "será que você pode me dizer o que acontece com os pobres patos dos países frios quando chega o inverno, hein, será que ficam aprisionados em um zoológico, será que migram para outros territórios ou será mesmo que os pobres patos ficam encurralados na neve, hein, quero saber tua resposta", eu o olho com os olhos esbugalhados, ele deve estar tirando sarro de mim, ele é realmente o mais lelé da cuca de todos, e foi preciso cruzar com ele agora, e lhe digo "não quero te escutar, não quero mais escutar ninguém neste

Copo Quebrado

bar, estou de saco cheio, estou me lixando para os patos, estou me lixando se os aprisionam, se morrem na neve ou se migram para outros territórios", e virei-lhe as costas, ele me ataca de novo "você vai me escutar, Copo Quebrado, é uma ordem, também quero um lugar neste teu caderno, não é justo que não fale sobre mim, tenho coisas interessantes nessa minha porcaria de vida, e te digo que sou o mais importante dentre todos os caras que vêm aqui, eu fui para a América", e eu lhe digo "não se canse, cara, você não será o apanhador de meu coração com esse jogo, já ouvi alguém me dizer aqui que era o mais importante porque tinha ido para a França", e ele disse "sim, mas eu venho de longe, de muito longe, não é a mesma coisa", "não estou nem aí, cara, você não pode vir de mais longe do que eu mesmo, Copo Quebrado", e ele grita "o quê, hein, você aí que nunca pegou um avião diz que vem de longe, hein, faz-me rir, se tem alguém que ficou imóvel como uma montanha, esse alguém é você", eu não lhe respondo, me afasto um pouco, "então diga, quer que eu te conte minha história ou não", "não, obrigado, já tenho muitas", e, quando estou dois metros mais longe, ele grita "eu venho de longe, de muito longe, passei uma parte de minha juventude na América", e eu lhe respondo "a América não me fará nunca mudar de ideia", e lhe viro definitivamente as costas enquanto ele balbucia "merda, é de todo modo a América, a primeira potência do mundo, vou fazer de tudo, você acabará me escutando, escreverá minha história da América, se não teu caderno não valerá nada, nada, não passará de papel para limpar a bunda", o escuto ainda gritar atrás de mim "ei, Copo Quebrado, não estou brincando, quero mesmo que me responda, será que pode me dizer o que acontece com os pobres patos dos países frios quando chega o inverno, hein, será que ficam aprisionados em um zoológico, será que migram para outros territórios ou será mesmo que os pobres patos ficam encurralados na neve, hein"

Copo Quebrado

tiro os olhos de meu caderno e dou uma olhadinha para a entrada, não acredito nisso, é Torneirinha que dá as caras, ela trançou os cabelos normalmente eriçados, veste roupas com tecidos novos, seu traseiro está aprisionado em um super tecido *wax* holandês, Escargô cabeçudo dá um sorriso que me incomoda, está com cara de que quer me incitar a ir lá, a confessar a Torneirinha o que tenho em meu coração, mas não, não isso, não dá mais para jogar esse jogo, não vale a pena, mas olha aí ela passando na minha frente, eu a olho por um momento, ela percebe e me diz "por que me encara desse jeito, quer uma foto minha ou o quê", e eu lhe digo "não sei do que tá falando, Torneirinha, não tinha nem visto que você estava aqui", ela aponta o dedo para mim e grita "mentiroso, está querendo me irritar ou o quê, então só porque tô vestida assim, você diz que os homens não podem me ver, hein, tá me irritando, tá me irritando, Copo Quebrado", "juro que não te vi, mas isso não quer dizer que os outros homens aqui não te viram, eu sou eu", ela grita de novo "merda, você me ofende, agora você me ofende ainda mais, e por que você não me viu, hein, por que não me viu, você, estou me lixando para os outros homens, por que não me viu, você", "digamos, na verdade, que eu te vi, mas fingi que não te vi para que você não soubesse que eu te vi, foi isso", ela me responde "você quer dizer então que tô gorda, hein, é por isso que fingiu que não me viu, tô gorda, é isso, diga a verdade", mas o que é que deu em todo mundo nos últimos tempos para brigarem comigo, será que entenderam que eu, o patriarca deste lugar, me oriento em direção ao outono de meu reino, hein, e agora todo mundo tem algo a dizer sobre mim, ninguém mais tem medo de mim, pensam que estou acabado, que não valho mais um copeque, um franco CFA, e tenho a sensação de que envelheci bastante, de que os anos pesam em meus ombros, de que não tenho mais expectativas, tudo me irrita, perco o curso dos acontecimentos, estou me tornando vulnerável, não posso mais responder às antas que me dão golpes baixos, primeiro foi o cara de Pampers, me fez perder a cabeça com a eterna história de sua mulher que tinha trocado a fechadura às cinco da manhã, e enquanto eu me compadecia de boa e cega fé assim como o simpático cachorro de Ulisses, ele ousou atacar a memória de minha mãe a ponto de brigarmos, a ponto de me fazer sentir com uma víbora nas mãos, e depois teve também O Impressor ainda que as coisas não tenham ficado feias como com o tipo de Pampers, mas O Impressor estava ainda assim provocando com seu *Paris-Match*, e eis que hoje, como um encadeamento de pequenas desgraças, teve esse tipo de rosto inchado que diz vir da América, que diz se chamar Holden, que se preocupa com o destino dos patos no inverno, que me trata como um ultrapassado, como um velho e me aconselha a destinar meu último outono de patriarca para ler a meus netos as aventuras de Mondo, os contos de Amadou Koumba, será que ele sabe que não tenho netos, será que realmente o sabe, então as pessoas estão com os nervos à flor da pele como se eu lhes tivesse feito algum mal, e olha aí agora Torneirinha que começa por sua vez, o que é essa maldição, lhe digo com tato "não quero brigar com você, Torneirinha, gosto muito de

Copo Quebrado

você, juro", ela me diz "é mentira, não gosta de mim não, aliás nunca gostou de ninguém daqui, só de Escargô cabeçudo", e eu retruco "o que é que te faz dizer que não gosto de você, hein", "porque você não passa de um mentiroso de primeira categoria, mente assim como respira, não respeita nem mesmo teus cabelos brancos, você mente, mente e mente sempre", estou sem voz, mas murmuro ainda assim "acho que está enganada, Torneirinha", ela retoma a palavra "sim, é um mentiroso, um verdadeiro mentiroso", e aí não posso deixar isso passar, então a desafio "me dê um exemplo, diga-me quando e como menti para você", ela olha para o céu, pensa um pouco e me diz "será que você já me ofereceu uma garrafa que seja, uma garrafinha de vinho, hein, não, nunca, você não passa de um avarento, um egoísta, um folgado, aliás você nunca olhou para mim, me detesta como a peste, é isso, mas será que você sabe quantas pessoas correm atrás de meu traseiro, hein", fico de queixo caído, a olho bem nos olhos e digo "pegue uma garrafa, vou pagar, este dia é importante para mim", e, para minha grande surpresa, ela recusa "não, não e não, você acha que sou quem, uma mendiga, uma pobre, quem é você para me dizer isso, será que te pedi alguma coisa, euzinha, hein, quer me embebedar para fazer safadezas comigo, é isso, idiota" e, como ela fala muito alto, sua voz domina o burburinho geral, as pessoas se viram, escuto risadinhas ao longe, agora todo mundo presta atenção à cena, e estou mais do que incomodado, será preciso achar um jeito de sair dessa situação, mas o que fazer, não sei, e quero me afastar dela o mais rápido possível, então dou uma olhadinha nas horas no relógio desse rebelde Holden que gritou comigo há algum tempo, ele ainda está sentado duas mesas para lá de mim e pergunta aos outros caras "será que podem me dizer o que acontece com os pobres patos dos países frios quando chega o inverno, hein, será que ficam aprisionados em um zoológico, será que emigram para outros territórios ou será mesmo que os pobres patos ficam encurralados na neve, hein", e daqui posso ver seu relógio enorme pendurado no pescoço, é um jeito engraçado de usar um relógio, parece até que é um despertador, talvez seja assim que os americanos usam relógios, esses caras devem adorar a desmesura, e consigo ver as horas, e grito "meu Deus, já são nove da noite"

    me levanto para sair do bar, "não saia daí, Copo Quebrado, você me prometeu uma garrafa, não saia daí se não isso vai acabar mal entre nós, pague minha garrafa", me diz Torneirinha, "caramba, estou de saco cheio, você precisa saber o que quer", me irrito por fim, "por que é que está bravo meu chuchu, não é bom, isso dá rugas, você já tem muitas no rosto", ela diz desse jeito enquanto me dirijo ao balcão, Escargô cabeçudo sorri, me dá uma garrafa de tinto e me sopra na orelha "então, vai embora com ela ou não, com Torneirinha", faço não com a cabeça e lhe respondo "acho que ela é louca, ela me acusa de tudo, não quero sair deste bar com arrependimentos na consciência, vou pagar-lhe o vinho que ela não para de me pedir", e o patrão me diz "não, Copo Quebrado, você não irá a lugar nenhum, você é um membro da família, então pare de choramingar, vá ver esta menina, ela te fará mudar as ideias, estou dizendo", e começa a gargalhar antes de acrescentar "ela te quer, está na cara, sim ela te quer, está te maltratando, insista um pouco, ela te levará a um motel ou então vá para um de meus quartos, te dou o sinal verde", eu nem acredito muito nisso, e depois não tenho vontade de me esfregar com Torneirinha, quero mais é esquecer sua imagem doravante, ela me cansa com seus ataques gratuitos, estou com as baterias descarregadas, não me vejo na cama com ela, não é mais meu negócio, eu, o homem com desejo de amor distante, e então dou uma volta igual a uma barata tonta, quero sair para tomar um ar na avenida da Independência antes de dar no pé à meia-noite

    mas veja só que no momento em que fico em pé e dou um passo decisivo dou de cara com Escargô cabeçudo "aonde você vai, cara" me diz ele, eu não respondo, ele me segura pela mão direita, me pergunta como as coisas estão indo com Torneirinha, eu continuo silencioso, lhe entrego o caderno, ele o pega, quero arrancá-lo imediatamente de suas mãos, não quero mais lhe dar o

Copo Quebrado

caderno agora, não sei por que o quero de volta, mas tento pegá-lo à força, não consigo, suplico que me devolva meu caderno, ele me diz "por que então quer pegar de volta o caderno agora, está um pouco tarde para escrever nele, você raramente escreve depois das dez da noite, sinto que você quer rasgá-lo, não te devolvo, pode pegá-lo amanhã se quiser", "me devolva agora, preciso conferir uma coisa aí dentro, juro que vou entregá-lo a você, não tenho nada a ver com isso, não vou rasgá-lo, acredite em mim", e o patrão folheia rapidamente o caderno e grita "mas ele está quase cheio, sobraram apenas algumas páginas em branco, quando é que rabiscou tudo isso", eu nem respondo, dou um sorriso forçado, Escargô cabeçudo se aproxima de mim e me confidencia "minha proposta ainda está de pé, venha dormir em minha casa, tome as chaves, pode até subir com Torneirinha, já falei com ela, ela está de acordo", eu afasto as chaves e consigo pegar de volta o caderno, o chacoalho e digo a Escargô cabeçudo "tome, pode guardá-lo agora, missão completa", ele se espanta "como assim missão completa, ainda há algumas páginas em branco", e folheia dessa vez as páginas com mais concentração antes de suspirar "eu não tinha olhado direito, mas é realmente uma desordem este caderno, não tem pontuação, só vírgulas e vírgulas, às vezes aspas quando as pessoas falam, isso não é normal, você deve arrumar um pouco isso, não acha, hein, e como eu posso ler tudo isso se está tudo colado desse jeito, é preciso deixar ainda alguns espaços, algumas respirações, alguns momentos de pausa, entende, eu esperava apesar de tudo mais de você, estou um pouco decepcionado, me desculpe, tua missão ainda não está completa, você deve recomeçar", e eu repito "missão completa", lhe dou as costas, ele quase berra "aonde você vai, Copo Quebrado", lhe respondo que vou tomar um ar longe do bar, "vai aonde, Copo Quebrado, tua casa é aqui, volte", lhe digo "já já eu volto", e o vejo folheando de novo o caderno de anotações, depois o escuto lendo em voz alta as primeiras divagações que eu tinha anotado bem no começo do caderno, "digamos que o patrão do bar *O Crédito acabou* me deu um caderno que devo preencher, e ele acredita piamente que eu, Copo Quebrado, posso parir um livro porque, brincando, lhe contei um dia a história de um escritor famoso que bebia como uma esponja, um escritor que tinha de ser recolhido da rua quando estava bêbado, logo não podemos brincar com o patrão porque ele entende tudo ao pé da letra"

tento em vão achar uma passagem no meio da multidão, Mompéro e Dengaki me chamam em coro, me puxam, "Copo Quebrado, venha aqui, venha por favor, pegue de volta teu caderno", eu pego meu caderno e meu lápis, já estou fora do estabelecimento, mas relato meu diálogo de instantes atrás com Escargô cabeçudo, como se estivesse acontecendo ao vivo, neste momento, e já sorrio com a ideia de que nesta noite ninguém sabe que vou viajar com um salmão, que vou andar à beira do rio Tchinuka, que irei juntar-me a minha mãe para beber, beber ainda essas águas que levaram a única mulher de minha vida que podia me dizer "meu filho Copo Quebrado, te amo e te amarei ainda que tenha se tornado hoje um lixo", ela era minha mãe, era a mulher mais bela da terra, e se eu tivesse o talento necessário, teria escrito um livro intitulado *O Livro de minha mãe*, sei que alguém já o escreveu, mas o que é bom nunca é demais, seria ao mesmo tempo o romance inacabado, o livro da felicidade, o livro de um homem só, do primeiro homem, o livro

Copo Quebrado

das maravilhas, e escreveria em cada página meus sentimentos, meu amor, meus arrependimentos, inventaria para minha mãe uma casa à beira das lágrimas, asas para que ela fosse a rainha dos anjos no Céu, para que me protegesse agora e sempre, e lhe diria para me perdoar essa vida de merda, essa vida e meia que me colocou sem parar em conflito com o líquido vermelho da Sovinco, lhe diria para me perdoar a felicidade que experimentei fiscalizando sem descanso as remessas de garrafas de vinho, e sei que ela me perdoaria, que me diria "meu filho, a escolha é tua, não posso fazer nada", e então me contaria sobre minha infância, sobre o tempo da infância, me diria como ela tinha me criado sozinha, como tinha fugido da vila de Lubulu depois da morte de meu pai, me contaria como eu ia à Escola popular de Kuiku, como pegava sozinho o caminho da escola, como andava durante duas horas, e eu reveria como em um espelho minhas aventuras da infância quando corria ao longo da Costa selvagem, nesse tempo aí eu não queria crescer porque, depois dos doze anos, a vida é só uma merda, a infância é nosso bem mais precioso, todo o resto é uma compilação de erros e idiotices, digamos que durante minha juventude eu olhava cada coisa com curiosidade, não temia essas lendas segundo as quais nossa extensão marinha é habitada por criaturas meio-mulher meio-peixe que chamamos aqui de Mami Wata, e, ainda nessa época, o mar se estendia a perder de vista enquanto os corvos-marinhos vinham pousar na beira do mar, as asas sobrecarregadas pela errância, mas quantas vezes, intrigado, não tinha eu perguntado o que estava sendo tramado nas profundezas abissais, e eu achava então que o mar era o sarcófago de nossos ancestrais, que o gosto salgado da água vinha da transpiração deles, essa crença fazia de mim um verdadeiro menino da Costa, não podia ficar um só dia sem ir ao porto, minha mãe não dizia nada, não havia voz paterna, então eu podia sumir, levar um atum para casa à noite, um atum que ela destrinchava, e eu a olhava reduzi-lo a pequenos pedaços jogados um após o outro em uma grande panela de alumínio, comíamos em silêncio, e, com uma voz ao mesmo tempo doce e triste, ela me dizia "não vá mais à Costa selvagem, as pessoas morrem lá, há espíritos maus, ontem encontraram duas crianças na praia, estavam com a barriga inchada, os olhos revirados, não quero te ver desse jeito um dia, se não te seguirei também, não quero viver sem você, é por você que ainda estou viva", infelizmente, no dia seguinte eu me levantava cedinho, matava aula e pegava discretamente o caminhão da Companhia marítima, um veículo com freios usados que levava a seu lugar de trabalho os assalariados do porto, estes não podiam me expulsar do caminhão, estavam acostumados a esses meninos que às vezes os ajudavam no trabalho duro, se acotovelavam um pouquinho, deixavam subir as crianças da Costa, e assim que chegava diante do porto eu respirava profundamente, encontrava meu universo, via bandos de cachorros raquíticos babando pela boca que vagabundeavam, eles também, observava o rabo em espiral deles enquanto disputavam restos de peixe com os corvos-marinhos e os albatrozes, mas tinha sobretudo essas moscas vindas de não sei onde, elas zumbiam como abelhas ao redor de uma colmeia, eu fixava o horizonte e me perguntava como iria começar o dia e se iria voltar com um atum para casa porque me acontecia com frequência de voltar para casa de mãos abanando por causa da concorrência com os outros meninos da Costa mais fortes do que eu e calejados pelo trabalho no mar, e alguns dias nós éramos mais numerosos do que de costume enquanto os pescadores eram menos generosos e nos expulsavam de suas barcas nos chamando de todo os nomes de pássaros marinhos, então era preciso lutar por um peixinho, era preciso ser o mais rápido, e, quando víamos uma embarcação no horizonte, soltávamos uns gritos de alegria, cutucávamos uns aos outros, nos jogávamos enfim na água, devíamos mostrar aos trabalhadores do mar que tínhamos pelo menos tocado em suas redes, que os tínhamos ajudado a atracar na beira do mar, e não largávamos do pé deles até que nos tivessem dado uns peixes, mas sonhávamos sobretudo em levar um atum para casa, sim, era assim minha infância, revisito esses instantes longínquos em que lia sob a luz de uma lamparina, esses instantes em que minha mãe me dizia que ler gastava os olhos e não servia para nadinha de nada, ler nos deixava cegos, e eu lia ainda assim, tinha sempre as costas curvadas, o rosto suado, descobria o segredo das palavras, as penetrava até o fundo, queria gastar meus olhos porque tinha sempre acreditado que os míopes eram caras inteligentes que tinham lido tudo e que se entediavam com os incultos da terra, então queria ser míope para irritar os incultos da terra, queria ler livros escritos em letras pequenas porque me diziam que são esses livros aí que nos deixam míopes, a prova era que a maioria dos padres europeus que percorriam o bairro Trezentos eram míopes com óculos de lentes grossas, e era sem dúvida porque tinham lido a Bíblia de Jerusalém mil e uma vezes sem parar, e eu crescia desse jeito, os olhos fixos nas páginas dos livros à espera do dia em que eu iria, também, usar lentes grossas de óculos como os padres europeus, à espera do dia em que iria dizer e mostrar à terra inteira que era um homem inteligente, um homem realizado, um homem que tinha lido muito, e esperei esse dia que nunca chegou, e nunca perdi a vista, só Deus sabe por quê, e minha visão é sem dúvida o que restou de mais jovem em mim, é injusto, é a vida, não posso fazer nada, mas em alguns instantes vou enfim ficar sozinho com minha mãe, em menos de duas horas agora, nós conversaremos durante muito tempo, e, à meia-noite em ponto, vou mergulhar nas profundezas dessas águas estreitas, bastará passar a ponte, será logo em seguida uma aventura, serei feliz porque terei reencontrado minha mãe, e, no dia seguinte, não terá mais Copo Quebrado no *O Crédito acabou*, e pela primeira vez um copo quebrado terá sido consertado pelo bom Deus, e então, lá do outro mundo, com o sorriso na boca, poderei enfim murmurar "missão completa"

devo partir, não tenho mais nada a fazer aqui, devo me livrar deste caderno, mas onde então devo jogá-lo, não sei, dou meia-volta em direção ao *O Crédito acabou* sem saber por quê, acham que sou um lelé da cuca porque escrevo enquanto abro caminho na multidão, cruzo com esse tipo que se diz chamar Holden, o escuto ainda soltar suas besteiras de adolescente rebelde e me perguntar "ei, Copo Quebrado, será que pode me dizer o que acontece com os pobres patos dos países frios quando chega o inverno, hein, será que ficam aprisionados em um zoológico, será que migram para outros territórios ou será mesmo que os pobres patos ficam encurralados na neve, hein, quero saber", ele decorou bem sua recitação, não muda nem mesmo a ordem das palavras cada vez que me pergunta isso, e eu lhe digo "Holden, você não acha não que teria se saído melhor se perguntasse isso aos patos dos países frios quando estava lá, hein, isso deve ser ainda alguma coisa que está aí neste livro que você tem entre as mãos, tenho certeza disso", ele me olha, muito decepcionado, e murmura "você não é simpático não, não gosta dos patos, é isso, dá para ver, na verdade quero realmente saber isso, porque você não pode imaginar o destino que está reservado a essas pobres criaturas", e começa a soluçar, lhe pergunto ainda assim uma vez mais as horas ainda que ele tenha um relógio pendurado no pescoço, é uma questão de respeito, e ele se recusa a me informar, "não te digo as horas se você não me disser o que acontece com os pobres patos dos países frios quando chega o inverno", e depois se aproxima mais e mais, me observa por um instante, me diz que será logo meia-noite, eu lhe dou então este caderno lhe confidenciando "meu rapaz, o dê a Escargô cabeçudo, sobretudo não o abra ainda que você também esteja aí dentro, mas não quis falar de sua vida, não tenho tempo suficiente, de resto, você me teria dito que era um estudante estrangeiro, hein, me teria dito que um de teus amigos te deu uma surra no dormitório, que você vagabundeava aqui e acolá em Manhattan, que foi para Nova York, que viu os patos no inverno no Central Park e tudo o mais, hein, não me olhe com esses olhos esbugalhados, eu nunca pus os pés lá, ninguém me contou tua história, Holden, mas de uma certa maneira você quase me insultou, não foi grave, então saboreie teu vinho, viva, nos reencontraremos no outro mundo, Holden, tomaremos uma juntos, e você poderá me contar tua vida longa e profundamente, responderei a tua pergunta, te direi então o destino reservado aos pobres patos dos países frios durante o inverno, tchau, meu querido, preciso dar no pé, meu lugar é no paraíso, e se alguns anjos de má-fé me falarem abobrinhas lá em cima para me impedir de acessar a grande porta, bom, acredite em mim, eu entrarei lá de todo modo pela janela"